雇用FUFU

浜 みち途
HAMA Michito

文芸社

目次

1.

2040

I

契約最終日、夜9時に仕事が終わり、僕は契約先の由美夫人宅からの撤収の支度《したく》をする。

「お疲れ様。進二くんが2週間来てくれたおかげで本当に助かったわ」

「お役に立てて何よりです」

「進二くんは家庭を持ったこともないのに、家事も育児もどこで習ったの？　料理も娘の世話も掃除も完璧だったじゃない。日曜日に来たダンナがびっくりしてたわ。部屋がピカピカだって」

「それでお金をいただいているので。そこらへんの主婦と同じレベルじゃ、ちょっとまずいですよね」

「それに、あのしつこいセールスマンを撃退してくれてありがとう。痩身の進二くんがブルースリーに見えたわ。人は見かけによらないものね」

「マッチョな男が強いとは限りません」

「あ、それと、来週も契約したいんだけど」

「すいません。もう少し早く言っていただければ、次の契約を入れなかったんですけど……」

「残念ね。忙しいのね」

「おかげ様で」

「そうしたら、また契約させてもらうかもしれないから、その時はよろしくね」

「もちろんです。ご用命ありがとうございました」


　3年前の2037年、条件付き一夫多妻制度の法案が国会で可決された。つまり、一定の条件を満たす男に一夫多妻が合法的に認められるようになるということだ。その一定の条件とは、「十分な資力を有する者」という経済的な条件である。

　ここ数十年で経済格差が一層広がり、少子化がより深刻化していた。年収数百万の男に、結婚しろだの、子供を作れだのと言うよりは、年収数億円の男に多くの世帯を養えと言った方が少子化抑制には効果的だというのが、この制度の趣旨だ。それと最近では、お金と子供は欲しいが旦那はいらない、という女性が増加しているという背景も、この法案の成立を後押ししているともいえる。

もちろん反対意見もあった。その一つ目は、そんな制度を導入しなくても、既に愛人や養女といった関係で実質的な一夫多妻をやっているセレブも多いではないか、それをいまさら合法化してどうするという意見だ。二つ目は、もはや人口1億人を前提とするのではなく、人口6千万人程度を前提として国の枠組みを作り直せばいいではないかというものだった。しかし、一つ目の反対意見は、愛人やその子供を法律的に保護した方がよい、つまり、どういう形であれ子供を作ることとの合法化に意義があるという意見に負けて却下された。二つ目の反対意見も、行く行くは人口減少後の状態を前提とした国創りになるにしても、その前にやれることはやっておくべきだという意見に押し切られた。

条件付き一夫多妻制に付随して、雇用夫父《こようふふ》制度の法案も同時に可決された。雇用夫父は、俗に「雇われパパ」ともいわれる。条件付き一夫多妻制は、平安時代の貴族のような通い婚が前提となる。つまり、ほとんどのマダムは、旦那……この業界では「キング」といわれている……とは別居することになる。有閑マダムといったところか。それによって、実質的な母子家庭、ただし、この制度においてはリッチな母子家庭が発生することになる。元々、この制度の対象となり得る女性は旦那不要という前提であっても、それらの家庭にも男手、より正確には家庭的な男手が必要となることもあるだろうという事態に備えるものだ。つまり、一夫多妻の夫婦には、必要なときだけ夫や父親役となる「夫《ふ》・父《ふ》」を雇用する権利が与えられる。

ただし、この雇用夫父になるための資格は国家資格となり、厳正な選抜試験が行われることになる。これは、誰でも雇用夫父になれてしまうと、法的安定性が担保されないからだ。つまり、金銭的・法律的にややこしい状況が発生したり、その他の不届きな者が出現したりということにならないように、雇用型夫父の資格の付与、業務範囲などを国が厳密に管理するというものだ。先進国ではほとんど前例のない公的な一夫多妻制度、これを成功裏に展開して国の威信を担保するためにも、雇用夫父となる者は国家資格を持つ精鋭部隊となる。

この両制度の施行日は2039年4月1日となった。

Ⅱ

２０４０年、かくして僕は、雇用夫父の一期生となった。もっとも、条件付き一夫多妻制度自体は、予定通り２０３９年の４月に施行されたが、それに先立って行われた２０３８年の第１回雇用夫父試験の合格者はゼロだった。そのため、雇用型夫父制度のスタートが、一夫多妻制のスタートの１年遅れとなった。志願者が数千人もいたというのに合格者なしとは、国も本気とあって、試験がそれだけ難しいということだ。

試験は年に１回あり、その試験内容は多岐にわたる。その科目には、家庭科的なものはもちろん、法律、政治、経済、科学、医学、文学、芸術などがあり、かなりの博学性を求められる。つまり、ハードルはかなり高い。そして、合格後には、接客、武術、危機管理などの実技研修を受けなければならない。

試験では、５月にマークシートの１次試験があり、６月に論文形式の２次試験があり、９月に面接・実技の３次試験がある。僕が合格した２０３９年の試験では、２千人ほどいた志願者は１次試験で５００人に絞られ、２次試験で１２０人に絞られ、最終的に３次試験を通過したのは63人だった。つまり、この試験の合格率はわずか３パーセント程度であり、最難関の国家資格に位置付けられた。さらに、この63人中の４人は、合格後の研修についていけずに脱落した。つまり、１期生は59人しかいない。この１期生の59人についても、研修の履修が追い付かず、補習に次ぐ補習で正式に国家資格が与えられたのは当初の予定の４月から遅れること１カ月半の５月の半ばとなった。

僕を含めたほとんどの合格者は、この法案が可決された２０３７年、つまりは３年前頃から勉強を始めているから、最短合格者でも資格取得に３年以上を要してしまったということだ。僕としては、本当は20代のうちに合格したかったが、結局、研修終了時には30歳となってしまった。合格者の平均年齢は34歳だから、それでも僕は１期合格者の中では若い部類に入る。

マダムとの契約は、個人的に行ってもよいし、専門のエージェントを介して行ってもよい。僕は、勝手がわからないので……勝手のわかる者などいないが……しばらくはエージェントを介して契約することにした。そのうち民間に開放されるのかもしれないが、いまのところ官制のエージェントが一つだけ存在している。

最初の仕事は、金融関係の会社社長の妻である由美夫人との契約だ。その家庭には0歳の子供がいて、由美夫人は育児に疲れているということだった。この制度には前例がないだけに、マダムも雇用夫父も、何だか探り合いのようなぎこちない関係性を築いていくことになりそうだ。

初日は、午後からの訪問となる。

由美夫人宅は、代々木上原の低層高級マンションの4階にある。オートロックを開けてもらい、部屋を訪ねる。

「こんにちは。雇用夫父の者です」

「初めまして。上がってください」

整った顔つきで、ロングヘアのすらりとしたスタイルの由美夫人が出てきた。資料によると32歳ということだが、いくらか若く見える。

契約内容などを簡単に確認すると、支度用の部屋に案内された。

「やってほしいことはたくさんあるんだけど、とりあえず掃除をお願いできるかしら。最近もう掃除どころじゃなくて。今日は時間がないからざっとでいいわ。それと、久しぶりに他人の作った夕飯を食べたいのだけど」

「承知です。お任せください」

6LDKのうちのひと部屋が支度部屋としてあてがわれた。僕は支度部屋に荷物を置くと早速作業に入る。ダイニングには大量の哺乳瓶が散乱している。部屋の掃除というか、まず哺乳瓶の洗浄が先だろう。それが終わる頃に、生後ひと月半の娘が泣き出す。

「哺乳瓶の洗浄、間に合ってよかったわ。ミルクの時間なの」

「作りますよ。ちょっと多めに150ミリリットルでいいですね」

「それでお願い」

ミルクを作ると、泣き声のところに行く。

「僕がやりますよ」

「今日は私がやるわ。それよりも実はまだお昼を食べてないの。さっき夕飯がなんとかって話したけど、昼ご飯が先だったかも」

「それじゃすぐ作りますね。差し当たりの食材は買ってきてあるので」

「準備がいいのね」

「当然です」

初日は午後からだったということもあり、掃除も食事も子供の面倒も何だかバタバタで中途半端に終わった感じだ。午後9時に仕事を終えて、由美夫人宅を後にした。

翌日からは朝から晩までの勤務となる。1日勤務でも何だかこのバタバタ感が続く。2日目になり、由美夫人とはいくらか打ち解けることができた。

多くのマダムは、キングに見初められるだけあって魅力的な人が多い。今回契約の由美夫人も、爽やかで社交的な感じの体育会系美人といったところだ。僕は体育会系ではないし、決して明るい性格でもなく、むしろ暗い方だ。ただ、僕には武術の心得もあるから、所作は比較的素早い。そこらへんのきびきび感が、この爽やかな由美夫人と波長が合うポイントなのだろう。由美夫人は、僕よりも2歳年上だ。だから部活の先輩と後輩のような関係なのかもしれない。

しかし、仕事の内容は、国家資格とはいいながらも、何だか家政婦とベビーシッターを足して二で割ったようなものだ。本当にこれでよいのかとも思うが、それでも僕は、料理であれ、掃除であれ、育児であれ、一つ一つの仕事に集中して迅速かつ細やかにこなした。由美夫人は、僕の仕事っぷりを気に入ってくれているようだ。

3日目、朝7時前に由美夫人宅を訪ねる。由美夫人は、上質の白地のキルティングに緑と茶色の植物をあしらった柄の上下のパジャマ姿で出てきた。

「お早う、進二くん。今日もよろしくね」

「よろしくお願いします」

「パジャマのままでごめんなさいね。でも、雇われパパが進二くんでよかったわ。かしこまらなきゃならない人だったら面倒だなと思っていたんだけど」

「くつろいじゃってください」

「それにしても昨日から今日にかけて娘がよく泣くものだから、全然寝てないの」

「それじゃ急いで朝食を作りますから、その後はゆっくり休んでください」

「そうさせてもらうわ」

僕は、手早くフレンチトーストとスクランブルエッグとフルーツサラダを作った。

「このスクランブルエッグ美味しい。ホテルのビュッフェで食べるのみたい」

「ありがとうございます」

由美夫人は、朝食を終えると、もう寝るからあとはよろしくという感じだった。

「何か困っても、私を起こすことなく、進二くんの判断でやっちゃっていいから」

「承知です」

娘はまだ寝ているようだ。僕は、朝食の後片付けをしてシンクを掃除すると、使用済みの哺乳瓶を1本ずつ丁寧に洗い、それらを煮沸消毒する。そして、オムツ・ディスポーザーからオムツを出して燃えるゴミにまとめ、ゴミ出しをする。粉ミルクと紙オムツのストック状況は常に頭の中にある。今日は買い出しに行かなくても大丈夫だろう。ここの家は、全自動洗濯乾燥機だから洗濯は楽だ。

僕の掃除の質は、そこらへんのハウスクリーニングなどよりも高い。丁寧さが違うのだ。そして、これは一般的なマダムの家に共通することだが、基本的に家が広い。だから掃除が結構な仕事になる。

由美夫人のマンションは６ＬＤＫということもあり、それぞれの部屋を片っ端から掃除していくと午前中では終わらない。その途中で娘が泣き出せばオムツを替え、時間によってはミルクを作ってはそれを飲ませ、げっぷをさせ、あやしてから寝かしつける。適温のミルクを作るのが意外と難しい。熱すぎてはもちろんいけないが、安全をみてぬるすぎると拒絶される。そして、その後にあっさり寝てくれるとも限らない。こういうときはあやし続けるしかない。いずれにしても、泣き声で由美夫人が起きてしまわないように気を付けなければならない。

この仕事を始めた時点では、本当に需要があるのかと不安だったが、少なくとも２カ月先までは、連日ではないにしても契約が入っている。約半数の雇用夫父は専業ではない。この仕事の前途がわからないのだから当然だろう。ただ僕は、専業の雇用夫父であるというのもあり、とりあえず食べていけそうな状況にホッとしている。

報酬はエージェントを介して受けることになるが、額は悪くない。概ねの相場はあるものの、雇用夫父やエージェントの言い値で通ることが多い。金持ちほどケチとは言うが、それでも家庭に煩わされず時間を手に入れることができるのであれば、彼らはいくらでも払うのだろう。雇用夫父はリッチマンの恩恵を直接的に受けることができるのだ。

つまり、報酬は雇用夫父の言い値で、労働はマダムの言いなりに、というのがこの仕事の原則となる。


午後になり、昼食の支度をしていると、由美夫人が起きてきた。

「よく眠れたわ」

「だいぶ顔色がいいようですよ。もう昼食できますから、カニとキャビアのパスタになります」

「嬉しい～、ちょうどそういうのが食べたかったの」

「それはよかったです」

「午後は、近くのショッピングモールに買い物に行きたいのだけど、留守番をお願いできるかしら？」

「承知です。でも買い物だったら僕が娘さんを連れて行ってきましょうか？」

「買い物っていうよりも、ちょっと外を歩きたいから、私ひとりで行ってくるわ」

昼食を終えると由美夫人は外出した。

昼食の後片付けを終えると、午後も掃除の続きをし、それが終わると夕飯の下ごしらえを始める。もちろんその間も、娘が泣き出せばそれに対処する。


夕方になって由美夫人は帰ってきた。

「映画観てきちゃった」

「何を観たんですか？」

「ブルースリーよ」

「そういう趣味があったんですね。60年か70年くらい前のスターですけど」

「それほど興味があったわけじゃないんだけど、なぜかショッピングモール全体がブルースリー復活祭とかやっていて、面白そうだったから」

「感動しました？」

「それはもう泣きそうになっちゃった。それにひとりでゆっくり映画観るなんて久しぶりだもん。あ、それと、これお土産。沖縄物産展やってて、美味しそうだから買ってきちゃった。進二くんもどうぞ」

「ありがとうございます」

楽しそうでなによりだ。

夕飯は和食にすることが多い。支度をしていると、娘が泣き出した。僕があやそうとすると、

「あ、大丈夫よ。進二くんは夕飯作っていいから。私も少しは母親らしいこともしなくちゃね」

由美夫人はオムツ交換をすると、娘を抱き上げてあやし始めた。


雇用夫父は、例えば一般的なメイドがそうであるように、自分の食事は支度部屋などでこっそりと済ませるのが普通だ。それでも、由美夫人は一緒に食べましょうと言ってくれたので、同じテーブルで食事をとる。ダイニングとリビングとはつながっていて、併せて30畳ほどの広さがあり、リビングの壁には大型テレビが掛けられている。

由美夫人は、7時のニュースを見ながら夕食をとるのを習慣としている。今日のトップニュースは、オリンピック廃止の話題のようだ。そして、アナウンサーが次のトピ

ックに移る。

「さて、条件付き一夫多妻制と雇用夫父制度が施行されてから1年余りが経ちます。現場はどのようになっているのでしょうか」

由美夫人も僕もニュースにくぎ付けになる。その取材では、会社社長のキングが、首から下だけが映された状態でインタビューに答える。

「私は、決して遊びの延長で複数の妻を持っているわけではありません。家庭を一つ持つのにもそれなりの覚悟がいります。これは半分、私の義務だと思っていますから。だって、私がそうしなければ、日本はどうなっちゃうんです？　世間が思っているほど楽しいものでも優雅なものでもないですよ」

その多妻のうちのひとりのマダム……新生児を抱いたマダムが、これも首から下だけが映された状態でインタビューに答える。

「まぁ私は、自分がワープアになったり、ワープアの人と結婚したりするよりかはいいと思っていますけど。何が本当にいいのかは、年月が経ってみないとわからないですからね。子供は何人でも欲しいんですけど、やっぱり子供に貧乏だけはさせたくないんで」

さらに、このマダムと契約している雇用夫父が、インタビューされる。

「本当はこういう制度がなくても、みんなが普通に結婚して子供を持って世の中が回った方がいいと思います。でも、こういう世の中になってしまった以上、私はこの制度を通じて、少子化抑制と日本経済の発展に貢献していきたいと思います」

由美夫人がすかさず聞いてきた。

「今の雇われパパ、知ってる人？」

「ええ、1期生の中の首席です。とても優秀な人ですが、今のコメントは誰かに忖度《そんたく》してるというか、言わされてるっぽいですね」

「進二くんが取材を受けたとしたら、何て答えるの？」

「すごく困りますね。僕は何も高尚なことは考えていませんから。何かもっともらしい答えを用意しておかなければなりません」

「いいじゃない、高尚じゃなくても。言葉や理念なんかよりも行動や実働が大切よ」

夕飯の片付けを終えると、この日の仕事が終わる。

こうして1週間があっという間に過ぎた。今日も午後になり、掃除をしていると、呼び鈴が鳴る。インターホンの画面にはセールスマンらしき男が映っている。やや柄が悪そうだ。

「これは？」

「この人しつこいのよ。いつも居留守で対応しているんだけど……」

最近、どうやって調べてくるのか知らないが、こういう一夫多妻のマダムを狙ったしつこい訪問販売が問題となりつつある。お金があり、男の気配がないから、マダムは格好のターゲットとなってしまうのだ。しかも、マダムによってはその潤沢な持ち金で解決しようとする人もいる。だからこういうセールスが後を絶たない。時代が変わっても、この手の悪徳セールスは不滅ということだ。

「このマンションはオートロックですよね。どうしてここまで上がってこれるんですかね？」

「住人の誰かが、そのセールスマンからお金をもらっているのよ。だからその人の部屋を拠点にできちゃうの」

セールスマンは呼び鈴を鳴らし続ける。

「ちょっと相手してきましょうか？　あのセールスマンと」

「大丈夫？」

「ビビらせておけば、二度と来ない程度の小さいオッサンに見えます。ちょっとやってしまいましょう。でも僕が外に出たらちゃんとドアを施錠してくださいね」

「わかったわ」

僕は、外に出るとセールスマンに微笑んだ。男は、「何?! 男が出てきた」という表情をしている。

「チンピラさんを呼んだ覚えはないんですけどね。何だか平成、いや昭和の香りさえしますけど」

「何だと、失礼なこと言ってくれるな。せっかく、ありがたい物をお宅だけに格安で、という話なのに」

「退屈してたんですよ。僕と遊んでいきます?」

「なんだ、この小僧」

「僕が何でこんなに強気なのかわからないんですかね」

「こ、こっちだって強気だ」

「あんた、人をちゃんと殴れるんですか?」

「本当に殴ってやろうか?」

男は身構えた。

「その構えじゃ、僕には当たらないな。殴ってみます?」

「いいんだな、本当に」

男は威嚇的にパンチをする素振りを見せたが、実際には殴ってこない。僕はそれを見切って微動だにしない。

「殴れないんですね。気が弱いな～。僕の反撃が怖いんでしょ」

「調子乗んなよコラ！」

男は本当にパンチを出してきたが、僕は余裕でかわす。3発目のパンチが伸びてきたところで、僕はすかさず男の背後に回り、スリーパーホールドをかけて頸動脈を絞める。そして、両手をバタバタさせてもがく男をエレベーターホールまで引きずっていき、つま先で「▽」のボタンを押した。男は、うめき出した。

「やめてくれ」

「どうです？　苦しいでしょ？　エレベーターが来たら離してあげますよ」

「離してくれ」

「エレベーターが来るのが先ですかね～、それともあんたが失神するのが先ですかね～」

エレベーターの扉が開くと、男をそこに放り込んだ。男はエレベーターの中でぐったり座り込んでいる。

「1階でいいですね？」

僕が1階のボタンを押すと、エレベーターの扉が閉じた。

部屋に戻ろうとすると、ドアを開けて様子をうかがっていた由美夫人が感激していた。

「進二くんカッコイイ！　映画よりもずっと感動ものよ！」

「ドアも鍵も閉めとかなきゃだめですよ」

「だって全然大丈夫そうだったんだもん」

「まぁそうですけど」

「雇われパパって、みんなそんなに強いの？」

「僕は、中の上くらいですかね。昔、柔術やってたんで」

雇用夫父の実技研修の科目の一つに武術というのがある。マダムの護衛のためだ。雇用夫父には格闘技経験者が多く、ラグビーやアメフト出身の者もいた。格闘技やコンタクトスポーツの心得がないと、この武術の科目をクリアするのは難しいかもしれない。

そして契約の2週間があっという間に終わった。いずれにしても由美夫人が僕の仕事に満足してくれたのは、何よりだ。

2件目の契約は、運動会の場所取りだという。単発の仕事だ。今どき珍しい、朝から午後までのフルセットの運動会らしい。事前資料によると、マダムは35歳で、港区の青山に住んでいる。そして、小学1年生の娘がいるという。このように、制度の施行前から事実上の一夫多妻となっていたような家庭にも、この条件付き一夫多妻制度が事後的に適用される。

この家庭は、学費が高いことで有名な私立小学校にその娘を通わせている。そして、このマダムは、一夫多妻のマダムであることを公言していないらしく、お金はあっても外では比較的地味な生活を装っているということだ。事前にいろいろと口裏を合わせたいと言ってきたので打合わせをする。

このマダムの家は一見普通のマンションの一室だが、僕が通された応接間は、高そうな調度品が所狭しと並んでいた。

「こういう外国のアンティークを集めるのが趣味なんです。輸入はコンテナ単位だから1回取り寄せると1千万円ね」

「ということは、この部屋以外にもあるんですね?」

「ええ、このマンションにもう1部屋借りていて、そっちが倉庫みたいなものね。それでも手狭になってきちゃって。気に入ったのがあったら言ってくださいね。お安くお譲りしますよ」

このマダムの言う「安く」というのがどのくらいの桁のことなのかよくわからないが……。

マダムは本題に入る。

「私、ママ友とかそんなにいないんですけど、それでも面倒臭いこと聞かれるのが嫌だから、普通の旦那がいることになってるんです」

「そうなると、現場での言葉遣いとかに気を付ける必要がありますね」

「そうなんです。お互いを呼ぶときは、ママ、パパ、でお願いします。もちろんタメ口で。それと、聞いてくる人なんていないと思いますけど、一応、進二さんの職業は、金融コンサルタントってことでお願いします」

「承知です」

「娘のことは、名前そのままで、楓《かえで》って呼んでください」

マダムが、娘を呼んで注意する。

「楓、このおじさんのこと、運動会の時だけはパパって呼ぶのよ」

「どうして？」

「どうしてもこうしてもないの。これはお約束」

「ふ～ん」

当日、僕は35歳くらいに見えるファッションで出かけ、早朝から小学校の門に並ぶと、まずまずの場所をキープできた。その2時間後、レジャーシートの上で本を読んでいると、マダムがやってきた。

「ありがとう、いい場所取れたわね」

「ちょうどいいでしょ」

「楓の出番までまだまだだね。本でも読んでいようかしら」

マダムと僕は、同じレジャーシートの上で本を読んで時間を潰した。お互い余計な会話などしたくないからだ。傍《はた》からは読書好きの夫婦に見えていれば御《おん》の字だ。

運動会が始まり、娘の出番になると、マダムはハンディーカメラを持って撮影に行こうとする。

「僕が撮るよ。ママはファインダー越しじゃなくて、自分の目で楓を見た方がいいよ」

「そう？　それじゃそうさせてもらうわ」

「その方が、きっと記憶に鮮明に残るんじゃないかな」

「そうかもね」

ここまでは、完全に夫婦だ。

昼休みになると、マダムと娘と僕の3人で弁当を食べる。この弁当は僕が作ったものだ。娘は、何だか居心地が悪そうだ。そりゃそうだろうと思う。

弁当を食べ終わると、娘は友達のところに行くというのでそれを見届けると、マダムも席を外したので、僕はレジャーシートの上でひとりになった。すると、隣のレジャーシートにいた男が話しかけてきた。僕よりもやや年上のようだ。

「あの、失礼ですけど、もしかして《5422》ですか？」

「そうです。ということは、お宅も？」

《5422》とは雇用夫父を語呂合わせした隠語である。人によっては《5822》とも言う。その男は続ける。

「奇遇ですね、隣同士になるなんて」

「僕の演技、下手でしたかね」

「いやそうじゃなくて、あの娘さんの微妙な表情を見ていればすぐにわかりますよ」

「確かに無理もありません。昨日会ったばかりのおじさんをパパって呼べだなんて」

『パパ〜！』とか言って自然に駆け寄ってきた日には、今頃、子役デビューでアカデミー賞ですよ」

「ハハ、そんな怖い子供を見たことありません」

「ちなみに、このグラウンドには、僕が知っているだけでもあと3人の《5422》がいますよ」

「さすがセレブ御用達の小学校ですね」

「あのテント脇にいる黒い帽子をかぶってる人と、あとバックネット裏の緑のシャツを着た人、少なくともあのふたりはそうですよ。あともうひとりもさっき見かけたんだけどな」

「顔広いんですね」

「将来的には、エージェントを作ろうと思っているんで、ネットワークは拡げておきたくて。よろしければ、連絡先を交換しておきませんか。私、山本と申します」

いずれ、連絡がくるのだろう。

3件目の契約は、情報系の会社社長に嫁いだマダムとの単発の仕事だった。

ところで、一夫多妻のキングとなる経済的な条件、つまり「十分な資力を有する者」という条件については、国会の議論では随分と揉めた。資産家の息子のようなただのボンボンにキングとなる資格など与えてよいのかという意見もあれば、資産を本人の稼ぎに限定してしまうと、若くして、つまりは繁殖力のある歳で条件を満たす者が少なすぎるのではないかという意見もあった。結局、キングになるための条件については、政府の審査により、総合的・個別的に判断するという玉虫色の解決となった。

今回のキングは、一代でちょっとした企業を築いたやり手のビジネスマンだと聞く。マダムの名前はさやかさん、歳は40歳だ。さやか夫人には、5歳と4歳の息子がいる。これも事後的にこの一夫多妻制度が適用されていることになる。

契約の内容とは、マダムは温泉旅行に行きたいが、さすがにそれなりの歳になった息子たちを女湯に入れるわけにもいかないから一緒に男湯に連れて行ってほしいというものだった。そして、風呂に限らず、自分が旅行を楽しめるように一緒についてきて息子たちを見ていてほしいということらしい。

僕は、箱根の芦ノ湖畔にあるレジャー施設でマダム一家と待ち合わせた。入園口付近で待っていると、黒塗りのセダンが停まる。運転手がドアを開けると、マダムと2人の息子が現れた。さやか夫人には、セレブという感じの派手さはない。アクティブな感じであるが品のある服装だ。きっと選びきれないほどの大量の洋服の中から、今日の状況に最もマッチする服装を選んできたのだろう。息子たちはやんちゃだと聞いていたが、むしろ、いい子のように見える。

軽く自己紹介と契約内容の確認を済ませると、さやか夫人は早速、子供たちをよろしくと言ってそのセダンに乗り込み、別行動となった。さやか夫人はかねてから、箱根の美術館巡りをしたかったらしい。

僕と2人の息子は水族館を見学した後、海賊船に乗り芦ノ湖を一周した。息子たちが懐いてきたあたりで、今度は手漕ぎボートに乗った。

「よーし、スピード出すぞ」

と言って僕が一気に漕ぎ始めると、息子たちは盛り上がった。

「俺にも漕がせてくれよ」

と弟の方が言うので漕ぎ手を代わる。しかしまるで進まないので、しびれを切らした兄が言う。

「俺にやらせてみろ」

似たり寄ったりだった。

「あっちのボートの方が簡単だよ」

と言って、手漕ぎボートを返した後に、僕らはスワンボートに乗った。ここでも、兄弟は、漕ぎ手を交代しては「俺の方が速いぜ」とか言いながら楽しそうだ。基本的にこの兄弟は仲が良いようだ。

その後、僕らはゲームセンターで遊んだ。マダムからは、物が増えると困るからUFOキャッチャーはやらないでほしいと言われていたので「太鼓の達人」を楽しんだ。太鼓の達人は平成初期からのロングセラーだ。2つの太鼓をこの兄弟に叩かせるとまるでゲームにならないので、一方の太鼓を僕が叩き、他方の太鼓を兄弟が代わる代わる叩き、一応の得点を挙げた。ここでも2人は「俺の方が上手いぜ」とか言いながらはしゃいでいる。ここで、さやか夫人から連絡が入ったので、ゲームセンターを引き上げて旅館に向かった。

宿泊は、もちろん箱根きっての高級旅館だ。このクラスの旅館となれば、部屋にプライベートな露天風呂があるものだが、さやか夫人も子供たちも大浴場を楽しみにしているようだ。

旅館では、マダム家族の部屋と僕の部屋との2部屋が予約されていた。チェックインが若干ややこしい。一緒に旅館に到着した4人のうち、母親と息子2人がひとつの部屋を、関係不明の連れの男がもうひと部屋に泊まり、それでいて清算は一括で、夕飯はこの母親の部屋で4人一緒にとるということになる。僕の宿泊費の負担はない。実のところ、僕は自分の高級旅館代を誰がどのように負担しているのか、よくわかっていない。キングかマダム、つまり夫婦が全額負担しているのか、それとも夫婦が後でエージェントに請求して国の補助金か何かで賄われるのか、いずれにしても僕は出費のことを気にする必要はないから、仕事に集中できる。

こんな具合なので、チェックインの担当者は不思議そうな顔をしていたが、聞いてはならない事情でもあると思ったのか平然を装っている。雇用夫父など、未だマイナーな仕事だということだ。

部屋に荷物を置き、仲居さんに心づけを渡すと、僕は2人の息子を連れて大浴場に向かった。温泉入浴のマナーを教えながら、2人と一緒に大浴場に入る。マナーといっても簡単だ。温泉は神様のいる場所だから、静かに、汚さずに入ること、というだけだ。浴室のドアを開けると、2人は小声で、

「でけ～！」

「プールみたい！」

と感激する。幸い他の客が2人しかいなかったので、僕も幾らか気楽に風呂を楽しめた。


夕飯は部屋食だ。カニしゃぶをメインとした懐石料理だった。もちろん、こんな高級料理は、自分が支払って食べたことはない。

「進二さん、あ、進二くんて呼んじゃっていいかしら？」

「ええ、もちろんです」

「進二くんは、こういう料理も作れるの？」

「ええ、これくらいなら作れます」

「進二パパはコックさんなの？」

兄が聞いてきた。

「コックさんじゃないんだけど、コックさんにもなれるよ」

弟が聞いてきた。

「それじゃ、進二パパは温泉に住んでるの？」

「いつもは普通のアパートに住んでるよ」

兄弟ふたりとも腑に落ちない顔をしている。僕が何者なのか、子供ながらに不思議に思っているのだろう。もちろん、わかるわけがないのだが。

夕食を終えると、仲居さんが隣の部屋に布団を敷く。畳の上に敷かれた3組の布団が子供たちには新鮮なようだ。子供たちはベッドしか知らないからだ。兄は何度もでんぐり返しをしているし、弟は、寝っ転がってテレビを見る状況に感激していた。

僕は、すっかり懐いてきた子供たちにプロレス技……四の字固め、コブラツイスト、サソリ固め……を教えてあげた。確かに父親不在ではプロレスごっこもできないだろう。

「ふたりとも束になってかかってこい！」

と言うと、子供たちは一気に突進してくる。僕は、ひとりずつ持ち上げて逆さまにしたり、積み上げられた布団の上に投げ飛ばしてやったりする。ふたりとも大喜びだった。

そして、格闘の末、仰向けになった僕の左足に兄が、そして右足に弟が、教えたばかりのアキレス腱固めを決めたところで、ギブアップしてあげた。

そうこうしているうちに9時近くなったので、僕は今日の仕事を終えて自分の部屋に引き上げた。

夜の10時過ぎ、ひとりでテレビを見ていると、さやか夫人から電話が入る。

「ごめんなさい、もう寝てました？」

「いいえ、起きてます」

「ちょっと、お話ししたいことがあるので、そちらに行ってもいいかしら？」

「ええ、もちろん」

この高級旅館では、各部屋が一軒の離れのようになっているが、さやか夫人は長い廊下を迷うことなく、すぐに僕の部屋に入ってきた。

「今日はお疲れ様でした。お酒でもどうかしら？」

「いいですね。でも息子さんたちは大丈夫ですか？」

「遊び疲れたみたいで、あの後すぐに寝ちゃいました」

僕は、部屋に置いてあったウイスキーで水割りを作った。

「久しぶりに美術館の中をゆっくり歩けたわ。そこのカフェでコーヒーなんか飲んじゃったりして。こういうの何年ぶりかしら」

「それは何よりです」

「大浴場もよかったわ。寝そうになっちゃった。女湯からは夜でも富士山が見えるの」

「男湯からは芦ノ湖しか見えませんでしたよ」

「久しぶりだわ、こんなにゆっくり温泉に浸かったの。息子たちはいい子にしてました?」

「ええ、とてもちゃんとしていました。きっと日頃のお母さんの躾《しつけ》がいいんでしょう」

「まぁ」

水割りを飲みながら、さやか夫人は日々の生活の話……兄弟が通っている小学校や幼稚園がどんなところか、普段何をして遊んでいるか、近所はどういう雰囲気のところだとかを話してくれた。基本的にキングのことは雇用夫父の側からは聞かないのがマナーとなっている。事情が複雑なこともあれば、キングを同じくする他のマダムのことに話が波及するのは極力避けた方がよいからだ。

さやか夫人一家は井の頭線の池ノ上駅近くのマンションに住んでいるという。僕の自宅の最寄り駅が小田急線の向ヶ丘遊園だと話すと、『小田急線と井の頭線でウチに来られるわね』と次の契約をほのめかしてくれるのが嬉しい。

さやか夫人は、小綺麗で品があり、鷹揚な感じの人だ。僕に対しても初対面とは思えないほどフレンドリーだし、僕もそれなりに気を許すことができる。

さやか夫人と隣同士で飲みながら話しているうちに、浴衣姿のさやか夫人との距離……物理的な距離……が徐々に近づいてくるのを感じた。さやか夫人は求めているようだ。

「お酒、飲みすぎじゃありませんか？」

「そんなことないわ、こう見えても私、結構強いのよ」

「でも、今なら、酔ったことを言い訳にできそうですね」

僕らは抱き合った。

「久しぶりなの」

「僕もです」

雇用夫父の業務では、何が起こるかわからないという前提で、最悪の事態を回避するために避妊具の携帯が義務付けられているが、早速役に立ってしまうとは……。僕は、頃合いを見計らってそれを着けようとする。

「今日は着けなくても大丈夫よ」

「いえ、法律で決まっているんです。情交時には着用しないと資格剥奪になっちゃうんですよ。誰にも言わなきゃバレませんけど」

「面白いのね。でも情交自体は禁止されていないのね、その法律とやらでは」

「やれとも、やるなとも規定されていません」

一通り終わると、子供たちのことが心配になった。

「息子さんたち、大丈夫ですかね。起きちゃってなければいいですけど」

「大丈夫よ。ママは夜中にお風呂に行くって言ってあるから」

さやか夫人はキングの話をし始めた。

「私の知る範囲では、私が3人目の妻なんだけど、あの人、若い娘が好きだし、新しもの好きだから。最近5人目ができたって聞いたわ。私みたいなおばさんには、もう興味がないみたい。今思うと、下の子ができた時私は30代半ばだったけど、それが限界だったのかしら」

「そんな、まだまだお綺麗なのに」

「ありがとう。女として見られるのも悪くないわね。……そういう進二くんは何で雇われパパになったの？」

「いろいろと上手くいかなかったんですよ。仕事も上手くいかず、好きだった女の子にも振り向いてもらえず。それで、モテないことに納得がいく仕事がしたかったんです」

「モテないことに納得がいくって？」

「つまりは、モテてはいけないような仕事っていうのがないものかと。そう思ってたら、この制度が始まるっていうから、資格取得に挑戦したんです。雇用夫父は、仕事人としてマダムからは家族同然に信頼されなくてはなりませんが、男としてモテるわけにはいきませんので」

「モテないなんてことないいんじゃないかしら」

「優しいんですね」

「でも、モテるのとモテないのって何が違うの？」

「それは例えば、どれだけ自分のことに涙を流してくれる人がいるかどうかってことかもしれません。そういう意味で、女性ボーカルの失恋ソングを聞くと悲しくなることがあります」

「どうして？」

「そこまで僕のことを思ってくれる女の子がいたかなって。僕に振られたり会えなくなったりすることに、そこまで悲しんでくれる女の子なんて、いなかったなぁって考えちゃいます。あ、すいません、泣き言になります。いずれにしても、僕は、組織のために頑張るのが苦手で、できれば誰か個人のために頑張りたいっていうのもあります」

「この仕事、向いてそうじゃない。ずっと続けるんでしょ？」

「そのつもりです」

「でも、きっと行く先々でこういうことになるわよ、進二くんなら」

「予言者みたいですね」

「だからやっぱり、ちゃんと着けるもの着けた方がいいかもしれないわね」

「法律は、よくできてますよ」

僕は大学を卒業してからの7年間は会社員だった。ただ、仕事ではうだつが上がらず、とても勤め続ける自信がなかった。そして、同期の女子社員に恋もした。何度か飲み食い程度のデートはしたことがある。いや正確には、ふたりで河原を歩いたこともある。でも、あちらはそれをデートとさえも思っていないだろう。結局、全然脈なしだった。その後、彼女は転職していった。

仕事にも興味が持てず、薄給で働き続けることに、まるで希望が見いだせずにいた。

そんな中、雇用夫父制度が始まることを知り、僕は仕事の傍ら試験勉強を始めた。もちろん周囲には内緒だったが、何年も隠し通すのは難しい。ある同僚が聞いてきた。

「最近、何で料理教室に通ったり、シェフに弟子入りしたりしてるんだ？ 店でも開くのか？」

また別の同僚も聞いてきた。

「お前、なんで夜な夜な予備校とか通って、法律とか、わけのわからん分野の勉強しとるん？ 弁護士にでもなるんか？ 部長を訴えたろかな。そんときよろしくな」

また他の女子社員が言ってきた。

「今も格闘技の道場に通ってるの？ ボディガードにしちゃ頼りなさそうだけど。でも進二くんなら、あの一夫多妻制のアレ、何て言ったっけ。そうそう、雇われパパとかできちゃいそう」

やはり勤めながらというのは、時間的にも周囲の目という意味でも難しかった。

ある日、上司が言ってきた。

「君ね、プライベートは充実しているようだけど、仕事がこれじゃね。そろそろ身の振り方を考えた方がいいんじゃないかな」

別にプライベートが充実しているわけではない、必死なのだ。ただ、仕事ができないのはごもっともだ。

そして、またある日、上司に呼び出された。また説教でもされるのかと思ったら、子会社への出向の辞令を言い渡された。ただの子会社ならまだいい、しかし、その子会社は実質的には追い出し部屋の部署の子会社版のようなものだ。追い出し部屋会社だからタスクもノルマもない。だから、ここで給料をもらいながら勉強するのもいいかと思ったが、廃人同然のオッサンの仲間入りはさすがにきつかった。ここでは熾烈な足の引っ張り合いもあるからだ。勉強の邪魔をされるのは目に見えている。

僕は退職し、予備校に通いながら雇用夫父の試験勉強のみをする浪人生活を送るようになった。貯金が尽きるのが先か、試験に受かるのが先かというプレッシャーとの闘いでもあった。この頃、プレッシャーもさることながら、他人から職業を聞かれるのが一番嫌だった。この質問に答えざるを得ない状況で「無職です」と答えると相手がリアクションに困るので、「予備校です」とか答えておいた……もちろん正確には「予備校生です」なのだが……。そうすると、大抵の質問者は、「ああ、先生なんですね」と言って納得して去っていく。稀に「教科は？」とか聞いてくる面倒臭い人もいたので、「法律関係です」とか適当に答えておいた。質問者が法曹関係者でもない限り、「難しそうですね」と言ってそれ以上は聞いてこないことになる。難しいか否か以前に、僕は習う側であって教える側ではない、ということを理解しないままに。

そして、１年半の浪人生活の末、何とか合格することができた。

Ⅲ

５月の仕事開始当初に予定されていた単発の仕事が一通り終わる頃、最初に契約した由美夫人から再度の契約の依頼が来た。平日の勤務で１年契約という。しかも、１年契約というのは一応の区切りであって、特に問題がない限り、その後も契約を続けたいという。ありがたい話だ。

またありがたいことに、土日の多くには、３件目の依頼のさやか夫人が契約を依頼してくれた。あれは自然な成り行きだったとはいえ、初日にいきなり寝たというのもあり、次は敬遠されるかと思っていたが、さやか夫人はあまり気にしていないようだ。

こうして、僕は順調に契約をこなし、週休１日程度で仕事をするようになった。

たまにある空き日には、エージェントからの紹介で、単発での仕事が入る。ただ、この単発の仕事というのが曲者だった。

あるマダムは、昼間は普通だが、夕方から酒を飲み始め、その後の酒癖が最悪だった。

その日の仕事を終え、帰ろうとすると、

「ちょっと、もう帰る気？」

「9時なんで……」

「何よ、飲んでいきなさいよ」

と言って、酒に付き合わされ、絡まれまくられた。

「あんたね、雇われパパが国家資格だからって、調子乗ってんじゃないわよ」

「いやそんな……」

「だいたいね、私が愛人だからってバカにしてるんでしょ」

「いえ、そんなことないです」

「だいたい酷すぎると思わない？　彼女いないっていうから付き合ってあげたのに、結婚してみたら奥さんが何人もいるのよ。『僕は彼女いないって言ったけど、嫁がいないとは言ってないよ』とか言って、ちょっとお金があるからって、何よそれ」

普通は気づくだろうし、先方も後悔しているだろうよ。

「何笑ってんのよ！」

「いえ、笑ってないです」

そして、この絡みモードがひと段落すると、片っ端から愚痴モードになってきた。

「隣の奥さんがね、ゴミ出しの時に会うと会釈しかしてこないの」

それが何かいけないのか？

「ママ友がいちいち聞いてくるのよ。旦那といつやるのかとか、品がないったらありゃしない」

類は友を呼ぶということだろう。

「旦那は全然来てくれないし」

来てくれるどころか逃げていくだろ。

「元カレが、俺を雇われパパで雇ってくれとか言ってくるし。なによ今更。あのヘタレが」

意外とお似合いだったんじゃないのか？

「あの総理大臣、何よ」

今のあんたの地位があるのもあの総理大臣のおかげだろう。

「ちょっとあんた、聞いてるの？」

「はい、聞いています。隣の奥さんが生意気で、ママ友が下品で、キングが来てくれなくて、元カレがヘタレで、総理大臣がイケてないってことですよね」

「そうよ、わかってんじゃない」

しかし、世の中のあらゆるものが愚痴の対象となるらしい。僕は、これをしのぐにはひたすら共感してやることと同情してやることしかないと決めて辛抱した。間違っても、アドバイスをしたり、解決策を示唆したりしてはならない。これは、愚痴モードという怒りの火に油を注ぐことになりかねないからだ。

10時くらいまでは耐えたが、10時半には逃げる覚悟を決めた。

「どうして帰るのよ」

「明日の契約があるので」

「それじゃ今日の契約で、12時まで付き合いなさいよ」

「いえ、翌朝の勤務前8時間以内にお酒を飲むと法に触れるんです」

「法律が何よ。私をバカにしてるの？」

「いえ、法に触れると資格が剥奪されてしまうんです。それでは」

仕舞いには、「行かないで～、私を独りにしないで～」と言って泣きついてきたが、知ったことではない。もちろん、勤務前8時間云々など嘘である。

後日、僕はエージェントに苦情を入れた。

「今回のマダムを二度と僕にアサインしないでもらえますか」

「先方は、君のことを大変気に入っているんだ。愚痴を全部聞いてくれたって。次も君を指名したいとまで言っているんだよ」

「冗談じゃないですよ。次はアサインされてもお断りしますけど」

「やれやれ、そんなことじゃ君には他のマダムとの契約も紹介できなくなるな」

「どうぞ、ご勝手に」

僕には既に由美夫人とさやか夫人という太客《ぶときゃく》がいる。それにいざとなったら、山本さんが設立すると言っているエージェントに鞍替えしてもいい。


以前にさやか夫人が予言していたように、マダムと寝ることもあった。キングと疎遠になったマダムは、雇用夫父にそれを求める場合もある。僕のように若い雇用夫父なら、なおさらその可能性も高くなる。

ある同年代のマダムとの単発契約だった。そのお宅で仕事をしていると、留守番を頼まれた。マダムは2歳の子供を連れて外出していった。

小一時間してマダムが帰ってくると、子供の姿がない。

「あの、お子さんはどこに？」

「実家に預けてきましたの」

「……それでは食事の準備をしますよ」

「近くに美味しい鰻屋さんがあるから、後で出前取りましょうよ。ひとりじゃ出前を取りづらくて」

「それじゃ先に掃除しますよ」

僕が寝室を掃除していると、マダムも部屋に入ってきた。

「ねぇ、楽しもうよ」

マダムはそう言うとベッドに腰掛けた。

「いやそれは……業務中ですので……」

「私の体も掃除したってことにすればいいじゃない」

さっきから気になってはいたが、スカートはやたらと短いし、かなり胸元の緩いシャツを着ているし……僕は品定めされていたのだ。ということで、結局そうなった。


事が済むと、ベッドの中でマダムと喋る。

「これって不倫？」

「ある意味では。でも仕方ないことだとも思います」

「退屈だったの」

「確かに刺激が少なそうにみえます」

「人生１００年っていうじゃない。これがあと70年も続くと思うと、絶望的な気持ちになるの」

「孤独なんですね」

「ねぇ、私ってビッチ？」

「いいえ、いつも綺麗にしているのにそれを見てくれる男がいないっていうのも、不憫な感じがします」

「いろいろとわかってくれるのね。あなたは彼女いるの？」

「いたらこの仕事できません」

「それもそうね。あなたも孤独なのね」

言われてみればそうなのかもしれない。


シャワーを浴び、業務に戻ると、マダムがやってきた。

「ねぇ、一緒にＤＶＤ観ない？」

「でも、掃除が途中なんですけど」

「掃除なんてもういいじゃない。今日みたいな雨の日に一緒にまったりしたいわ。コーヒー、私が淹《い》れてあげるから」

僕はそれに付き合うことにした。「ローマの休日」のDVDを観ていると、マダムは隣に座り、頭を僕の肩にもたせかけてきた。

「寂しいんですか？」

「寂しくなんてないわ。普通の新婚夫婦ってこんな感じなのかしら」

「理想的にはそうかもしれません」

「でも目の前にあるのは常に現実よね。モラハラ夫なんかが同じ家の中にいるよりはひとりの方が幸せね、きっと」

「ご主人はそういう人なんですか？」

「別にそういうわけじゃないんだけど、長く一緒にいれば少なからずそういうことにもなるかなって。どっちが悪いとかじゃなくて、お互い不完全な人間なんだから、毎日ふたりきりだと好きなものも嫌いになるわ。いつも離れているからこそ、たまに会う時にお互いに優しくなれるものよ」

そして、夕飯の鰻重を食べた後も、

「ねぇ、鰻を食べて元気が出ちゃったってことにすればいいじゃない」

と言われるままに2回目となった。

「でも、これっきりにするわ。何度も呼んだら情が移っちゃいそうだから」

「それがいいと思います」

その後にこのマダムからの依頼はなかった。


一方で、自身のキャリアのためにこの制度を利用しているマダムもいる。そのマダムは大手企業の中間管理職である。キングとは戸籍上の関係でしかないらしい。子供もいない。

朝食を片付けていると、マダムは、まるで部下に指示するかのように留守中のタスクを僕に言い渡し、出勤していった。

僕が臨時であることもあり、仕事内容はさほど大変なものではないが、ヘマをしようものならコンプライアンスがどうだとか、ガバナンスがどうなっているのかとか叱責されそうな雰囲気だ。会社員に戻ってしまったかのような陰鬱な気分になる。この仕事をして改めて思うが、何事にも熱くならない僕は、会社勤めには向いていない。会社という組織は、一種の宗教団体のようなものだ。トップが偉いのはわかるが、その側近は完全に洗脳されているようにみえた。本人がそれで満足ならそれでよいのだろうが、心にもないヤル気をアピールするためのわけのわからないレポートの提出などが、その洗脳の第一歩のような感じがして、正直、ついていけなかった。

夕方になると夕飯の支度をしてマダムの帰りを待つ。

マダムが帰ってきたのは7時だった。意外と早い気もするが、夕飯後は持ち帰った仕事を再開するらしい。

「私ね、雇用夫父制度を利用したいだけで、一夫多妻の妻になったの。わかる？　女が社会的にのし上がるにはこれがベストだわ」

マダムは夕飯を食べながらシニカルな表情で話す。

「しかしこの制度も変よね。独身が家政婦でも雇おうものなら費用がかかるのに、形だけでも一夫多妻の妻になれば、こうして国の補助金とかであなたみたいな雇用夫父が雇えちゃうの」

マダムは続ける。

「いずれ、雇われキングとかいうシステムを作ってもいいんじゃないかしら。わかる？　旦那の稼ぎが大したことなくても、国の補助金は使えるんでしょ。そもそも女の側がバリバリ働けば、生活費も雇われパパ代も払えるし。そして名義上のキングは、エージェントから幾らかキックバックがもらえるのよ。わかる？　キングもマダムも

〈Win Win〉だわ」

「でも、キングになるには国の審査をパスする必要がありますので、そこが難しいかもしれません」

「それを上手いことして通すのも、あなた方の腕の見せ所なんじゃないの？」

そもそもこのマダム、頭はいいのかもしれないが、その現状や考え方は脱法的だ。

「まぁいずれにせよ、一夫多妻制は少子化抑制とかいうよりも、結局は富の再分配システムよ、わかるわよね」

マダムは夕飯を食べ終わると、「残ったおかずはあなたが食べていいから」と言って別室に行ってしまった。後片付けを終えて、そろそろ帰ろうかと思いつつもマダムがどの部屋にいるのかよくわからず困っていると、ちょうどマダムが廊下に出てきた。

マダムは僕を見ると、

「あら、まだいたのね。終わったら帰っていいわよ」

と、言ってくれたので、

「それでは、本日はこれで失礼します」

と言い終わるか言い終わらないかのうちに、マダムはまた別室に入ってしまった。

このマダムにとって、雇用夫父など犬以下である。僕は1日の契約だからよいが、普段の契約の雇用夫父はどういう気持ちで働いているのだろう。

Ⅳ

その後、平日の由美夫人との仕事は順調だった。

「進二くん、オフの日って何してるの？」

「柔術の稽古をしたり、料理の練習をしたりしてますけど」

「技を磨くのも大変ね。ウチで仕事しているときに時間が空いたら柔術の稽古をしてもいいわよ。空いている部屋たくさんあるんだし」

「それはありがたいです」

確かに６ＬＤＫのうち、僕の支度部屋も含めて３部屋は使用されていない。将来の子供たちのために空けてあるのだろう。

僕が空き時間にその部屋の一つで稽古を始めると、由美夫人が覗きに来た。

「空き部屋じゃ狭かったかしら、リビングでやっていいわよ」

「でも鍛錬は人知れずやりたい感じもしますし」

「私にもそういうの教えてほしいの、護身術みたいなの」

「いいですけど、一朝一夕に習得できるものでもないかと」

「少しずつやっていければいいわ。進二くんとは長い付き合いになるだろうし」

この「長い付き合いになる」という言葉がとても嬉しかった。僕は喜んで由美夫人に護身術を教えることにした。由美夫人は、学生時代に体操をやっていたらしい。だから柔軟性もあるし、身のこなしもしなやかだ。きっと習得できるだろう。

由美夫人も少し余裕が出てきたようだ。珍しく自分のことを話し始めた。

「今の生活、私にちょうど合っているかも。週末婚くらいがちょうどいいわ。なんで私がこういう一夫多妻の妻を選んだかっていうとね、子供はたくさん欲しいの。私も4人兄弟で育ったし。でも、そうはいっても、旦那の転勤やら何やらに巻き込まれるのは嫌だわ。しかもそういう旦那について回って世話し続けるなんてムリ」

由美夫人は続ける。

「仮に、凄く仕事ができて収入のいい男が私を好きになってくれたとしても、そういう人をどこまで尊敬できるかなって」

「厳しいですね、ダメなんですか」

「尊敬できなくもないけど、家事も出産も育児もしない人が、仕事を一生懸命やってキャリアを積んでいくのって当たり前に見えるの。逆に、それだけ時間や機会に恵まれてるのに、何も達成できない人って何なの？」

「それが普通な気もしますが」

「男ってそんなもの？　なんて思いたくないんだけど。まぁいいわ。人は人、私は私で。結局、私は自分の出世にも他人の出世にも興味ないわ」


　この仕事をしていても、キングに会うことはほとんどない。それでも一度だけ由美夫人のキングに会ったことがある。資料では、キングは40過ぎのはずだ。先入観から、キングといえばギラギラした濃い感じの人かと思っていたが、実際に会ってみると、意外と普通の……どちらかというと勤勉なサラリーマンのような雰囲気の人だった。平均的な身長で痩せていて、茶色の縁の眼鏡をかけている。清潔感があり、キリっとした雰囲気はあるが、特に恰好いいというわけでもなく、どういう雑踏にも同化してしまいそうな男だ。多くは聞いていないが、このキングと由美夫人とは知人の紹介でのお見合い……一夫多妻を前提としたお見合い……で結婚したらしい。由美夫人曰く「真面目そうな人だったから、アリかなと思ったの」ということだった。由美夫人はこのキングの1人目の妻である。

　そして、このキングは、実際のところ真面目なキングだった。酒、たばこ、女遊び、ギャンブルの類いは一切やらないらしい。多くのキングは、一時的にマダムと親密になっても、子供ができると金銭的にはフォローをしつつも関係としては疎遠になりがちである。ところが、このキングは、それぞれの家族に足しげく通っているようだ。曜日ごとに寝泊まりする家庭が決まっているらしい。マダムたちの側から見れば、週1日か2日だけ決まった曜日にキングが来ることになる。そして由美夫人の家には土日に帰ってくることになっている。一度だけ、キングが平日に由美夫人の家に寄って行ったことがある。

「進二君ていったっけな。いや～キングも大変だよ」

「そうなんですか？　落ち着いた人生を送られているように見えますが」

「いやとんでもない、もう忙しくてね。僕は、知り合いにキングはいないから、よそのキングがどうしているかなんて知らないけど、みんなどうしてるのかな？」

「皆さん、ご家庭は結構放ったらかしのようですよ」

「そうなの？　いや、金銭的な問題としてもさ、今は会社が順調で、年収20億くらいあるからいいけど、いつまでそんなに稼げるかわからないしね。本当は適当なところでリタイアして悠々自適の生活がしたかったんだけど、これじゃ死ぬまで働き続けないといけないだろ」

「蓄えで何とかなりそうですけど」

「もうひと稼ぎ必要かな。わかっちゃいたこととはいえ、現実にいざやってみると、自分が大変なことを始めたんだなとわかるよ」

「それはキングとして責任感が強いんだと思います」

「責任感ねぇ……それに子供を作るのがほとんど義務みたいでさ。来る日も来る日も仕事の合間を縫ってそれって結構大変だよ。何が本業だかわからなくなってくる」

「そんな無理されなくても」

「いやそれがさ、政府の役人がプレッシャーかけてくるんだよ。調査とかいって」

「調査が来るんですか？」

「そう、これまでの実績とかを管理されるんだよ。つまり、これまで何人作ったかとかね。そんなもん自分たちで調べられるだろって思うんだけど、本当にお役所ってところは……。それに、今後の家族計画はどうなってんだ？　とかも聞かれるから、家族の拡張はもう程々にしたいって言うと、それじゃ権利の維持が難しくなるとか難癖つけてくるんだよ。まぁ脅しなんだろうけど」

「政府も必死なんですね。出生数とか出生率の統計にはバイアスかけられませんからね」

由美夫人とキングとの関係は良好のようだ。早くも2人目が欲しいという話になっているらしい。

休日のさやか夫人との仕事も順調だ。

週末にさやか夫人宅に訪問すると、いつも1週間分の掃除のネタがある。さやか夫人は手先が器用で料理は得意だが、基本的に掃除は苦手だ。4LDKのさやか夫人宅はマダムの家としてはさほど広くはない。それでも親が親なら子も子で整理整頓という概念がないから、掃除の仕事量はそれなりのものとなる。僕が来なければゴミ屋敷になるのではないかとさえ思ってしまうこともある。

さやか夫人は、子供が学校に行っている平日の日中は、専らビーズアートにハマっている。僕が掃除をするにしても、まずは床に落ちている1~5ミリ程度の小さいビーズを拾い集めることから始めることになる。その大きさの玉は1粒1円もしないものから数百円するものまであるらしい。さやか夫人は、その落ちている小さいビーズは掃除機で吸い取ってしまっていいと言うが、そんなこと貧乏性の僕にはできない。もちろん掃除以外の家事も必要に応じて行うが、さやか夫人宅にいる時間のほとんどはビーズ拾いとその後の掃除に費やすことになる。そして、2人の息子に勉強を教えることもある。雇用夫父が家庭教師の役割を果たすという話は時々耳にすることだ。

一方で、僕はレジャー要員ともなっている。2人の子供はすっかり僕に懐き、掃除をしていても「遊ぼうよ～」と言ってきてはちょっかいを出してくる。可愛いものだ。兄弟2人とも週末の4人でのお出かけを楽しみにしているようだ。そして、泊まりの外出では、子供たちが寝た後に、さやか夫人が僕の部屋に来て、酒を軽く飲んでからすることをするのがお決まりの流れとなっていた。

V

山本さんから連絡があったのは、年末だった。知り合いの雇用夫父を集めて忘年会をやるという。どちらかというと内向的な僕は、基本的に飲み会は好きではないが、せっかく誘ってくれたというのもあるし、他の雇用夫父がどういう契約の下で働いているのかを聞いてみたいとも思い、参加してみることにした。

参加メンバーは僕を含めて9名ほどいた。皆、紳士的な雰囲気ではあるが何か内に秘めたものを持っているように見える。苦労して資格を得たのだから、それぞれ思うところがあるのだろう。

皆、比較的安定した長期的な契約を結んでいるようだ。一夫多妻の夫婦数が、政府の統計では、本当かどうかわからないが、約千組といわれている。それに対して、雇用夫父の1期生は59人だ。この状況で仕事にありつけないというのはよほど問題があるということだ。

ブラックなマダムの話題になった。

「酒癖が酷くて最悪でしたよ。夜遅くまで絡まれまくりで」

と言うと、ひとりが聞いてきた。

「もしかして、君の名前は進二君？」

「そうですけど」

「その翌日の担当、私でしたよ。朝から迎え酒に付き合わされて。もう完全に出来上がってて、『進二、帰ってきてくれたのね』とか言ってましたよ」

「僕の名前を？」

「そう。私が自己紹介しても『いいのよアンタは進二で』とか言って、もう収拾つかないから昼に脱出しましたけど。業務遂行に著しい支障があるってことで」

他にも好ましくない状況に遭遇した者もいた。先方の契約違反があり、ちょっとややこしいことになった者もいる。

「マダムの外出中に子供と留守番してほしいと頼まれたんですよ。そこまでは全然おかしくないんですけど、行ってみたら、奥様方が7人いて、子供が12人いて。それじゃよろしくって感じで奥様方は出かけちゃって、俺は雇われ保育士じゃねぇみたいな」

「マダムでも何でもない人の子供の面倒を見させられたんですね」

「そうなんですよ。結局最後まで、どの子がマダムの子供だったのかもわかりませんでした。ただ、完全に仕事を放棄しちゃうと、マダムとの本来の契約の不履行になっちゃうかと思って一応仕事したんですけど、後でエージェントに相談したら、やっぱり違約金を請求しようということになって」

「払ってもらえたんですか？」

「払ってもらいましたよ。エージェントも強気で、違約金を払わない限り、二度と雇用夫父を紹介できないと相手にすごんだようで。まあ、一家はお金に困っていませんからね」

その昔の平成時代には、お客様は神様で、つまりはサービスを受ける側の立場が強く、話によるとモンスター客とかいうのまでいたらしい。それも今は昔、サービスを受ける側もサービスを提供する側も対等なものとなりつつある。


この日の話題の中心は、専ら安田さんという男に集中した。

雇用夫父の多くは独身であるが、安田さんには妻子がいる。少なくともこの9人の中で妻帯者は彼だけだ。妻帯者の雇用夫父も、現実の家庭を一応は知っている者ということで、マダムからは一定の支持があるらしい。

「仕事でやる夫や父親は楽しいし、自分で言うのもなんだけど完璧だと思うんだけど、現実の家庭は厳しいな」

「現実の奥さんは反対しなかったんですか？　この仕事を」

「反対したさ。でもさ、今どき、雇われて働く前提だとブラックとかワープアとかばかりだろ。会社とか勤めても、20年前の働き方改革とかのせいで残業ができなくなったし。それじゃ雀の涙の基本給しかもらえないからな。それで、雇用夫父はまともな報酬で暮らすための数少ない聖域なんだって言って押し切ったよ」

　確かにその通りだった。特殊な技能を要するような仕事では人材不足のために高給化し、誰でもできるような仕事では人材余剰のために薄給化し、ここ10年で両者の差が顕在化してきた。つまり、まともに食べていけるのは、特殊スキルを持つ特殊な仕事をする者と経営者だけであり、いずれでもない者は困窮を強いられる。たとえそれが大企業の社員だったとしてもだ。そして、雇用夫父は、形式的には雇われとはいえ、特殊なスキルを持つ前者に属するといえる。

　この安田さんという男は、何人かのマダムと単発で契約した後、そのうちのひとりのマダムから無期限の契約を得たと言う。

「ちょっと仕事が完璧すぎたかな。事前にマダムのことを徹底的に調べて戦略を練ったさ。味の好みも当然に調べたし、髪型も服装も全体的にマダムとお似合いになるように工夫してさ。傍《はた》からは完全な夫婦や家族に見えているはずだよ」

「確かに服装は気にしますけど、髪型までとは」

「だろ？　あ、もちろんマダムとは変な関係じゃないよ。俺は、プロとして信頼されているし。で、その家庭には小学6年生の息子がいるんだよ。事後適用ってやつだな。でさ、俺が勉強も教えているんだけど、中学受験の勉強を。結構本気で教えてたら、成績がグングン伸びていくんだよ。いや俺も楽しくて、そういうの」

「安田さんの現実のお子さんは何年生なんですか？」

「中学3年の男。これが、全然勉強もしないでさ、ほとんどグレててさ。この前久しぶりに顔を合わせたら、髪の毛が緑とオレンジのグラデーションになってんの。何だそれって言ってやったら、関係ねーじゃん、みたいな感じでさ」

「今どきの子にしちゃ、親に反抗するなんて覇気があるじゃないですか」

「まぁ、それはそれでいいんだけどさ。家内からは『よその子供と自分の子とどっちが大切なの？』とかさ。『よその子の勉強を見るんだったら、ウチの子の勉強見なさいよ』とかさ、いろいろ言われるんだよ」

「なんて答えるんですか？」

「家庭教師と同じだろって。金をもらってるから教えてるんだって言うんだけど、もはや感情論だから何言っても無駄だな。それに、さっきの髪型や服装をマダムに合わせるって話もさ、家内は『私に合わせてくれたことなんてないじゃない』って怒ってくるんだけど、面倒臭いなって。レジャーも仕事で行っているのにさ、『ウチの家族を遊びに連れて行ってくれたことないじゃない』とか言ってさ、あ〜面倒くさ、無理。もはや家庭崩壊は、時間の問題だな」

そして僕も含め、皆、条件付き一夫多妻制の効果に懐疑的になりつつもある。仕事をしていると、意外と事後適用のケースが多いということだ。つまり、今まで表沙汰にならなかった愛人とその子供のような存在が法律上の地位を得たというだけで、現実の子供の数とか出生率とかは制度導入前後であまり変わらないのでは？　というものだった。確かにこの制度が導入されたからといって「さぁ、俺もたくさんの家庭を持つぞ！」と張り切っているリッチマンをあまり見たことがない。女性の側から見ても、結果論として一夫多妻の妻となる人がほとんどで、由美夫人のように一夫多妻を前提として婚活をする人をあまり聞かない。とはいっても、まだ制度は導入されたばかりであり、今後を見守るしかないというのが皆の意見だった。

日曜日の午後、僕は、さやか夫人一家と買い物に出かけた。その買い物は豪快だった。デパートで洋服もアクセサリーも次々と買っていく。普段はどちらかというと優柔不断にもみえるさやか夫人でも、こういう時は鋭い感性で即決できるようだ。店員も、さやか夫人が買いそうな客だということが本能的にわかるらしく、あるいは事前に知っているのか、すぐに声をかけてくる。さやか夫人が、

「これどうかしら？」

と言うと、店員も畳みかけてくる。

「大変お似合いになります。お客様、こちらもお似合いになりますよ」

確かにどちらもよく似合っている。どちらを選ぶのかと見ていると、すかさず答えが出る。

「それじゃ両方ください」

「ありがとうございます。どちらも気に入ってお使いいただけると思います」

僕は、さやか夫人に聞いた。

「買う時、全然悩まないんですか？」

「あら、結構悩んでるつもりだけど。今は進二くんが息子たちを見ていてくれるからいいけど、昔なんて悩んでる時間なかったから……フィーリングよ、買い物は。理屈

じゃないわ」

「買い物を続けるのなら、開一君と修二君を連れて、おもちゃ売り場にでも行ってましょうか？」

「そうね。そうしてくれる？　もうちょっと見ていきたいから」

　僕は２人を連れておもちゃ売り場に行った。


　そして２人の息子は、鉄道おもちゃの大型ジオラマディスプレイに夢中になっていた。いつの時代も新幹線は定番の人気者だ。このディスプレイでは、かなり凝ったレイアウトで線路が組み立てられている。新幹線は、周回コースをぐるぐる回っているようでも、周回ごとに異なるアイテムを通過するようだ。１周目は鉄橋、２周目は駅舎と整備場、３周目は複雑なポイントのターミナルと普通列車の追い抜き、４周目はトンネルといった具合だ。２人は、新幹線と並走してディスプレイの周りをぐるぐる回っている。このジオラマは大人が見ていても飽きない。

　新幹線が手前側コーナーを通過し、最外周のレール上を走行して対角のコーナーにあるトンネルに入ったところで視線を少し上げると、見覚えのある女が子供を連れている。その女が顔を上げると、僕と目が合った。あまり会いたくない顔だ。

５年前、何だかの飲み会で酔った勢いでウチに来て、居候していった女だ。よくよく話を聞いていると、ただ男にフラれたというだけのことだったようだ。最初のうちは僕だけを頼りにしているかのような態度だったものの、立ち直ってくるとあっさり出ていった。これを付き合ったと言えるのかは別として、一応、数週間だけは男女として同棲したことになる。その女がやってきた。

「久しぶりね」

「あー元気そうだね」

「あの頃の私、ちょっとフラフラしてたのよ」

「だから？」

「あの子たち、あなたの息子じゃないわよね？」

「ああ」

「やっぱり」

「何が」

「もしかして、雇われパパをやってるの？」

「まぁそういうことだな」

「卑しい仕事ね。だって家事や育児なんて、今どき普通の男子でもできるでしょ」

「家事や育児っていっても、君なんかのとはクオリティが違う」

「それにボディガードだって？　男なら一緒にいる女のために体を張るなんて当たり前でしょ」

「あのさ、君が連れて歩くようなガラクタどもとはレベルが違うんだよ」

「でも、そんなことでお金をもらって、しかも男女の関係になっちゃうこともあるんでしょ？　いいご身分だこと。ヒモの中のヒモみたいね」

「あのな、俺を非難するのはいい。でもこの仕事や仲間を悪く言うな」

「みんな同じでしょ。それともみんな真面目なのに、あなただけが規格外れであっちこっちで寝てるのね。お疲れ様って言ってあげるわ」

「自分のアバズレ加減を棚に上げるなって」

「まぁ酷い。せいぜい変な病気にならないように気を付けるのね」

その女は自分の子供を連れて去っていった。

この女の後ろ姿というものを見るのは、僕の部屋を出ていった時以来、2度目だ。

相変わらずの雑に長いロングヘアと、サイズの合っていないコートと、センスのない鞄が最悪だ。

「お待たせ」

　さやか夫人は自分の買い物を終え、おもちゃ売り場に来ていた。

「開一、修二、これから車で帰るからお手洗い行ってらっしゃい」

　２人は新幹線を名残惜しそうに見ながらもトイレに行った。

「さっきの女の子、知り合い？」

「ええ、まぁ」

「何か言われたんでしょ」

「いえ、別に」

「この仕事のこと？　いいじゃない、言わせておけば。あなた立派に仕事してるわ。私がどれだけ進二くんを必要としていることか。これは、きっと、進二くんが平日に契約している人も同じなんじゃないかしら」

「でも、こうして毎週さやかさんとの時間を楽しんでいる自分がいるのも事実です。もちろん、泊まりの日はこのうえなく」

「いいじゃないの。それが何か？」

「…………」

「必要なときに必要な人同士で仲良くして何が悪いの？　たとえそれが男女の関係に

なっちゃうものだったとしても」

「さやかさんといると、ホッとします」

「私たち、誰も傷つけていないわ。だから、これからも一緒にいてほしいの」

「もちろん、そうさせていただきます」

さやか夫人は、おおらかで寛容だ。

条件付き一夫多妻制が導入されてから3年目になる。雇用夫父の2期生が誕生した。今年は昨年の約3倍の170人の雇用夫父2期生が登録された。

ただ、昨年と異なるのは、2期生の中には資格取得だけが目的で、実際に雇用夫父としての活動を予定していない者もいるという。巷の噂によると、この雇用夫父の資格は、婚活をするうえで最強の資格となるらしい。家事、育児、その他諸々を何でもできる男だということの証明になるからだ。ただ、雇用夫父資格保持者については、女性からは好き嫌いが分かれる。そういう男のことを、何でもできて恰好いいと思う女性もいれば、優等生みたいで鼻につくから嫌だと思う女性もいる。きっと伝統的な意味で自身の女性としての立場が脅かされるとさえ思う人も未だにいるのだろう。

一方で雇用夫父は、マダムという特定の女性のために尽くす仕事でもある。だから、おかしなものだ、雇用夫父の資格自体は婚活での最強の武器となるというのに、実際に資格を生かして仕事をすると結婚は現実的ではなくなる。

その後、山本さんが宣言通りエージェントを立ち上げた。民間初のエージェントだ。早速、山本さんから連絡があったので、僕は登録先のエージェントをそちらに変えることにした。

「山本さんは、どうしてエージェントをやることにしたんですか?」

「考えたんだけど、自分が50代や60代になっても雇用夫父の実働部隊をやっているイメージが湧かなくてね。みんなはどう思っているのかな? もちろん、この仕事に定年はないけど、そんなに年食ったおじさんを雇われパパとして家に迎えたい人っているのかな。僕だったら嫌だな」

「シニアの需要とかないんですかね」

「あるかもしれないけど、我々は介護士じゃないからね」

「意外と選手生命短いですね」

「僕も現場を知る意味で、この2年間は幾つかの家庭と契約して働いたけど、いろいろ考えると、新しい契約をとるのは、やっぱり40代前半が限界かなと」

「僕もあと10年くらいですかね、そういう意味では」

「もちろん若いころからの契約が続いて、歳取ってもそこで働くのはいいことだと思うけど、新たな契約は若いうちじゃないとね。だから僕は、エージェント側になろうと決めたわけ」

山本さんは、概ね僕に良くしてくれる。ただ、無理な注文も多かった。僕は週に1日は、由美夫人かさやか夫人にお願いしてオフを作るようにしている。仕事の準備のためにも、できれば確実にその1日の休みを確保したいところだ。それに、僕はある意味掃除のプロなのに、医者の不養生ではないが、1週間もすると自宅の部屋が散らかりまくる。だから1日は自室を片付けて一息ついて自分自身の生活を立て直す時間が欲しいのだ。そんなオフに単発の仕事を依頼されることがある。山本さんは客を選ぶので、単発仕事とはいえ、以前のように酒癖が悪いマダムや誘惑してくるマダムといった困ったマダムに遭遇することはない。そこは安心できるが、休めないことには変わりない。

明日はオフだと思って安心していると、山本さんから連絡が入る。

「申し訳ない。明日、都合つかないかな」

「2週間ぶりのオフなんですけど」

「いやそこを何とか。実は、あるマダムと契約してるメンバーが体調不良になっちゃってさ。1週間を空きメンバーで何とかつなごうとしているんだよ。悪い、頼む」

「仕方ないですね」

「報酬を割り増ししておくから」


その1週間後も似たような連絡が入る。

「度々申し訳ない。また代行を頼む」

「殺す気ですか」

「いや、《5422》も人数は増えたとはいっても、一定レベル以上の人は限られるんだよ」

「でも僕には普段の契約がありますから、僕が評判を上げても意味ないんじゃないですかね」

「でも代行にレベルの低いメンバーを入れると、エージェントの信頼が落ちちゃうんだよね」

「そんなに競争があるようにもみえませんけど」

「あれ、知らないの？　新しいエージェントができる話」

「一応、聞いてはいますけど」

「そのエージェントは、どうも低価格をウリにしようとしているらしくてさ。だけどウチは絶対に価格を下げたくないから、高品質をウリにしてそれを維持していきたいんだ。というわけで、進二君、頼む！」

「そういうことなら、仕方ないですね。でも、その新しいエージェントの低価格ってのは意味あるんですかね。この仕事は基本的にリッチな家庭が相手じゃないですか」

「その新しいエージェントは、一夫多妻制の裾野を拡げようとしているらしいね。一夫多妻ができるかどうかの当落線上にいるカップルの後押しをして、この業界の拡大を考えているらしい。それは一理あるんだけど、こっちも淘汰されるわけにはいかないから」


それから１週間後に、また山本さんから電話があった。

「またですか？　いい加減にしてくださいよ」

「いや今度はそうじゃないんだ。進二君に相談したいという人がいるんだけど」

「僕にですか？」

「そう。佐藤彩という名前を知ってる？」

「……依頼ですか？」

「いや、まだ依頼を受けているわけじゃないんだが、事前にいろいろと相談しておきたいということらしくて。つまり、まだマダムになっているわけではないらしく、ポテンシャルということだ。それで、相談を是非君にということなんだ」

「わかりました」


彩は、僕が会社員だった頃の同僚だ。そう、僕が好きだった同期の女子社員だ。彩は、凄く美人というわけではなく、地味に可愛いタイプだった。女子社員の中にはモデル級に可愛い娘もいたから、彩はそれほど目立っていたわけではないが、服装などを含めてさりげなくスタイリッシュで、それでいて気取ったところがなく、隠れファンも結構多かった。僕もそのうちのひとりだったということなのだが。

入社2年目のことだった。もう7年近く前のことになる。

残業していると、同僚の大和田が少し休もうと言ってきた。大和田は、僕の数少ない友人のひとりだった。陽気で開放的で濃い感じの大和田と、どちらかというと陰気で内向的で薄い感じの僕とは正反対な雰囲気だったが、何故かウマが合った。休憩室でコーヒーを飲みながら大和田が言ってくる。

「しかし進二もやるなぁ、彩ちゃんと夕焼けデートとは」

「そうか？」

「そうかじゃねぇよ。それでどうだったんだよ」

「別にどうもしないさ」

「お前な、夕焼けの河原なんて完璧なシチュエーションだろ。俺なら、草むらに連れ込んでムォオオ〜！　だけどな」

「あのな、屋外〇〇シリーズとかじゃないんだから、お前、そういうの観すぎなんだよ」

「いやそれはさておき、進二には強引さっていうか熱が足りないんだよ。氷点下３℃って感じでさ。もっと熱くいけよ」

「心を開かぬ相手に、強引になったり熱く迫ったりしてどうするよ」

「そんな悠長なこと言っていると……田中が彩ちゃんをドライブに誘ってたぞ」

「田中もいい奴だからな」

「俺は、田中よりも進二の方が、彩ちゃんにはお似合いだと思うけどな」

「彩ちゃんは、俺を求めていない」

「おい、それを何とかするのがお前の仕事だろ」

「部長みたいなこと言うなって」

「そのドライブと関係あるのかどうか知らないけど、今週の金曜日、あのふたり、そろって休暇らしいぞ。一応伝えておくよ」

あれから7年経った今も、彩のことを思い出すことがある。彩は僕に対して心さえ開いてくれなかった。何故田中があっさり……。今となっては、ふたりで河原を歩いたこと自体がちょっとした奇跡にさえ思える。たとえあちらが何とも思っていなかったとしても。

そして、いまやマダムに仕える雇用夫父となり、誰かの彼氏になることをほとんど放棄したような立場の僕の前に、その彩が再び現れようとしている。

僕がエージェント事務所の応接相談室で待機していると、受付に案内された彩が入ってきた。

「こんにちは、久しぶり」

「やぁ久しぶり」

「進二くん、変わらないわね」

「彩ちゃんこそ」

「歳は取りたくないわ」

「7年ぶりだね。こんなところで再会だなんて、複雑だよ」

彩は、昔と変わらず可愛かった。いや、歳を重ねて一層素敵になった感じさえする。高そうなイヤリングとネックレスをつけている。高そうなだけでなく、とてもセンスがよくスタイリッシュだ。きっと自分をよく知っているのだろう。

「進二くんが雇われパパをやってるって聞いて、本当のところをいろいろと聞いてみたかったの。進二くんなら、安心して相談できるかなと思って」

やれやれ、結局のところ僕は「安心して相談」のための男にすぎない。

「結婚するの？　そういう人と」

「まだ決まったわけじゃないんだけど。いま付き合っている人がちょっとした会社の経営者で、そういうこともあり得るかなって」

「やめた方がいいんじゃないかな」

「もちろん、これがベストとは思わないわ。私だって本当は私だけを愛してくれるそこそこの収入の人と結婚したいわ。でも現実は違うの」

「そういう中間層のいい男、今となっては絶滅危惧種だからね」

「ホントに。でね、彼のところにはマダム志望の人が大勢寄ってきていて、ちょっと断りきれそうにない状況らしいの。まぁ私もそのうちのひとりになってしまうのかもしれないけど」

「モテるんだね、その人」

「モテるっていうか、みんな生きていくのに必死なのよ。子孫を残すのに必死な動物みたいね」

「彩ちゃんもそうなのかな？」

「半分はね」

「彩ちゃんは、その人が社長とかお金持ちとかじゃなかったとしても、その人のことが好きなのかな？」

「好きよ。とても優しいし」

「でも、いい状況にいて人に優しくできるのは当たり前だから。厳しい状況にいてもその人は彩ちゃんに優しくしてくれるのかな？」

「そう信じるしかないわ。っていうか信じたい自分がいるってだけかもね」

「あ、ごめんね、俺がおせっかい焼くことでもないね」

「いいのよ、心配してくれてありがとう。で、いろいろと教えてほしいの」

「答えられることであれば」

「進二くんが契約するマダムって、幸せそうな感じ？」

「特に不幸な感じはしないけど。でも若いうちと年老いてからとでは考え方も変わるかもしれないし。そもそも何十年も経てば状況も変わるから、現時点で幸福か不幸かなんて誰にもわからないんじゃないかな」

「彼にキングになるための審査だけでも受けてみたらって言ったんだけど。あれって総務省に一夫多妻許可の願書とかを提出して審査請求すればいいんでしょ？」

「そう、その一夫多妻許可の出願はエージェントか雇用夫父に任せた方がいいよ。あの書類を素人が瑕疵《かし》なく過不足なく書くのは結構難しいから」

「審査ってそんなに厳しいの？」

「審査自体はさほど厳しくないと思うよ。おそらく政府はこの制度を推進したいから。ただ、キングの経済事情を過大に書くと国の補助金が減額されちゃうし、過小に書くと婚姻可能な妻帯数の上限が低く設定されるから、ちょうどいいところを狙っていくのにちょっとテクニックが要《い》るかな。もちろん後に補正もできるんだけど、その補正の余地を残した書き方にしなきゃいけないし、審査官から何か言われたときに反論できる内容にしておかなければならないから」

「結構複雑なのね。それと進二くん、ズバリ、マダムと男女の関係になっちゃうことってないの？」

「ないさ、あるわけないだろ」

「嘘ついてる。正直に言って。それを責めるつもりなんてないんだから」

「想像に任せるよ」

「寝る確率、何パーセントくらい？」

「20パーセントくらいかな」

「結局、2割くらいで男と女ってことね」

僕が寝たのは、さやか夫人と、掃除中に誘惑してきたマダムの2人だけだ。それを多いというのか少ないというのかは僕にはわからないが、偶然は二度ない。きっと多い方なのかもしれない。

「そんなことよりも、彩ちゃん自身の問題として、旦那が他の女と白昼堂々と寝ることを許容できるかということだよ。ちょっと違う話になるけど、愛人と妻候補の区別がつかないんだよ、この制度の下では。漫画やドラマじゃないけど、彼の部屋のドアを開けたらその彼が知らない女と寝ていたとするよ。まさに抜き差しならない状況だよね。でも、『次の結婚相手を紹介するよ』とか言われたら、ぐうの音も出ないってことだよ」

「そこよね、結局。でも、私も子供も何不自由なく暮らせるならと思うとね」

「本当に、マダムになるしかないのかな？」

「祖父母の時代は、大企業に勤める人と結婚するか、あるいは自分が大企業に勤めるかすれば一生安泰だったんだって。今どきそんな話、マダムになるか、自分が経営者になるか、それ以外にある？」

「でも、いつの時代も安泰なんてないんじゃないかな。昔も今も、名だたる大企業が平気で経営破綻してるし」

結局、彩は悩みを解決しないまま、「また相談させてもらうわ」と言って事務所を後にした。僕は何か役に立てたのだろうか。その後に連絡はない。


久しぶりに大和田と飲みに行った。もちろん今回の彩の件も含めて、ゆっくり話そうかということだ。大和田は、今も当初の会社に勤めている。

2人分のジョッキがきた。

「進二も資格を取って雇用夫父とかになって、立派になったたな」

「全然立派じゃないけどな。そういう大和田も主任になったらしいじゃないか」

「大したことないさ。いつまでたっても薄給でな。進二みたいに余裕な感じの生活にはならねぇ。そのシャツだって2千円や3千円じゃないだろ？」

「一応、仕事柄、みすぼらしい恰好するわけにいかなくてさ。マダムと外出すること
もあるし、近所の目もあるから。まぁ高級ブランド品を着る必要はないにしろ……」

「それに、この前、向ヶ丘遊園から祖師ヶ谷大蔵に引っ越しただろ」

「ああ。もう少し稼いだら、下北沢に引っ越そうと思ってるんだけど」

「進二の生まれは豪徳寺だったよな。何だか小田急線沿いを遡上していく鮭のようだ
な」

「順調に行けばな」

「で、彩ちゃんはマダムになるっていうのか？」

「まだ決まったわけじゃないらしい」

「いや実は、進二からその話を聞いて、俺もちょっと調べてみたんだよ。彩ちゃんが
言っているその代表取締役さんを」

「大和田が調べたか」

「彩ちゃんはいい娘だ。俺だって心配になる」

「で、何かわかったのか？」

「彩ちゃんは、ベンチャー企業に転職しただろ。そのベンチャー企業の取引先の社長

らしい」

「取引先の女子社員に手を出すってのも、どうなんだろう」

「さぁな、いい感じはしないな」

「でも何で大和田がそんなことまで知っているんだ？」

「いや恥ずかしい話だが世間は狭いもので、昔、その会社の女の子と意気投合しかけたんだよ。その後にあっさりフラれたけどな。それでも連絡先は手元にあったものだから、その娘にもう一度コンタクトを取って情報を得たというわけだよ」

「それで、どんな奴なんだ？　その経営者の男」

「既に敵意に満ちているな。一言、女はたくさんいるらしい。決して派手にやっているわけではないし、本人がそこまで気合入っているわけじゃないらしいんだが、とにかく女が寄ってくるらしく、それでいて、本人は来る者拒まずということらしい」

「動物の世界じゃ、全く自然なことなんだろうな。本能の大和田ならわかるだろ」

「ああ、わかる気がするな」

「そういう、いい子孫を残せそうな雄に雌が寄ってくる。人間だって動物だから、そういう本能は当然にあるということだな」

「何をひとりで完結して納得してるんだよ」

「いや完結はしたかもしれないけど、納得はしてないよ。ただ、俺たちみたいな普通の人にはどうすることもできないことだな」

「残念ながら」

「しかし、その大和田の知り合いの娘も、よく嫌な顔せずに教えてくれたな」

「俺だっていつでも体温45℃で迫っていくわけじゃないさ」


総務省のデータベースには、現時点での一夫多妻制度の利用者、つまり一夫多妻の夫婦のリストが記録される。妻については、その旧姓も記録される。もちろん、このデータベースには権限のあるものしかアクセスできないが、雇用夫父は許可を得ればこのデータベースにアクセスできる。僕は事あるごとに許可を得て、そのデータベースにアクセスしてしまう。もちろん、佐藤彩の名前を探すためにだ。どういう結果であれ、彩のことを忘れるには時間がかかるだろう。

その後数カ月の範囲では、佐藤彩の名前はこのリストに登場しなかった。これは、彩がその経営者の男と結婚したがその男は彩だけを妻としているか、あるいはそもそも破局したということだ。それ以上の情報は、雇用夫父関係の情報網からも、大和田からも得られなかった。

条件付き一夫多妻制度と雇用夫父制度も軌道に乗ってきた。３期生となる今年の雇用夫父の合格者数は昨年の2倍だと聞く。そして、この仕事も幾らか世間に周知されてきたようだ。

少し前は何かと職業欄の記入が鬼門だった。雇用夫父と書いて「これって何ですか？」と聞かれるのを避けるために「家政夫」と書いたこともあった。最近では、職業欄に「雇用夫父」と書いても、それを受け取る相手の反応が気にならなくなってきた。これはこの職業が市民権を得てきたということなのか、それとも僕がそういう日……ヒモかホストかこの優男《やさおとこ》……という類いの好奇の目に慣れてきたということなのかはわからない。いずれにしても、自身の職業を堂々と書けるようになってきたというのは良いことだ。

もちろん、一夫多妻制が少子化解消の直接のかつ即効性のある対策になるわけではない。そもそも少子化解消の目的は人口減少の抑制であり、人口減少の抑制の目的は国力の維持だ。だから、出生数が増えても、少なくとも彼らが生産年齢となるまでは究極の目的は達成されない。これは非常に長いスパンで捉えなければならない問題なのだ。

ただ、何も有効打のない状況、長い議論の末に結局バラマキという結論よりはマシだ。いずれにしても、これらの制度に明るい未来があることを願うばかりである。

2.

2049

I

２０４９年、条件付き一夫多妻制度と雇用夫父制度が施行されてから10年となる。

一夫多妻という家族の形式も世に受け入れられてきた。それを前提とした男女の交際も珍しくはなくなってきた。ただ、この10年の間に出生数や特殊合計出生率に変化……好ましくは増加……があったかというと微妙なものだ。ある識者は「改善した」と言い、他の者は「実質的には悪化した」と言う。要は、大した変化ではないということだ。一夫多妻制を利用している夫婦の数は５千組に達したが、それでも絶対数が少なすぎるのだ。ここ10年の年間出生数は60万人程度で推移していることを考慮すると、夫婦数の５千組などは少子化対策としては焼け石に水のような数字でもある。しかし、僕が生まれた40年近く前には、少子化と叫ばれつつも年間出生数が１００万人程度を推移していたのだから、今思うと奇跡のような数字だ。

そんなわけで、最近では政府としても、少子化対策を前面にアピールするのではなく、「新しい家族形成」とかいうスローガンの下、新しい価値観に訴える方向にシフトしている。

雇用夫父制度はともかくとして、一夫多妻制度については、政界や芸能界で一定の需要もあった。政治家や俳優にしてみれば、複数の女性と関係を持ってもこの制度を上手く使えば不倫だと弾劾されることもないし、政府側としても、制度が上手くいっていることをアピールできるからだ。もっとも、週刊誌やワイドショーは、新しいタイプのネタを探さなければならないが。

政府も潜在的なキングの発掘に必死のようだ。制度導入当初は、一夫多妻制度を利用するには志願者のキングが関係省庁の機関に出願し、その機関がその出願を審査して一夫多妻を許可するというプロセスが採用されていた。今でもこのプロセスを経ることが原則となってはいるものの、最近ではその関係省庁の側から目ぼしいキング候補者に一夫多妻の奨励通知が届くのだという。この目ぼしいキング候補者の選考基準は具体的には明かされていないが、概ね一定年齢以下の高額納税者が対象となるらしい。そうかと思うと、現時点で高額納税者ではなくても、将来を有望視された有名人、例えば、プロスポーツ選手、若手政治家、芸能人、実業家などにも奨励通知が届くという。これには、青田買い的な側面はもちろんのこと、制度の宣伝効果を狙う側面もあるといわれている。

この一夫多妻の奨励通知は、実質的に審査フリーの許可通知である。つまり、これらのキング候補者には、望んでもいないのに一方的に一夫多妻の許可が下りるということになる。当然「余計なお世話だ！」と言って怒る候補者が多いが、中にはこの通知を機にマダム募集の公開オーディションを始めるお調子者なキング候補者も出現した。その候補者は有名な実業家であるが、その軽さ加減から、あまり世間の評判は芳しくはない。だから、多くの人は「誰があんな軽薄な男の嫁に」と思ったが、3人枠に対して400人もの応募があったことは世間を驚かせた。もっとも、本気の応募はこの10分の1程度だろうと言われていたが、それでも多い。これは、どうせこの実業家の話題作りか何かだろうと誰もが思った。ところが、この実業家は、「だってヤバいっしょ。日本から子供がいなくなっちゃうじゃん」と言ったと思うと、選んだ3人のマダムとの間に次々と子供を作り、真面目に家庭を営み始めたことは世間を感涙させた。

いずれにしても、この過度の少子化という国難ともいうべき事態に政府機関も形振り構わずといったところなのだろう。

雇用夫父の数も千人を突破した。僕も雇用夫父として10年目のベテランとなる。といっても、僕は実質的には由美夫人とさやか夫人の専属の雇用夫父となっているので、多くの家庭を経験したベテランというのとはわけが違うが。

そして、僕は39歳となり、由美夫人は41歳となり、さやか夫人は49歳となった。

由美夫人とは、相変わらず平日の契約の下、概ね朝6時から夜9時までの勤務となる。由美夫人とキングの間には、2042年の4月に2子目の長男が生まれ、2044年の4月に3子目の次男が生まれ、2046年の4月に4子目の次女が生まれ、2048年の5月に5子目の三男が生まれた。女・男・男・女・男の5人兄弟ということだ。この等間隔の出産は計画したことなのかと聞いてみたことがあるが、3子目までは偶然だが、4子目以降はある程度狙ったとのことだった。そして6子目はどうなのかとも聞いてみたが、5子目で終わるとのことだった。

由美夫人の家庭は、この条件付き一夫多妻制の成功例の一つといっていいだろう。これもキングが真面目なタイプの男だったから成り立つ話でもある。このキングは4つの家庭を持ち、15人の子供がいる。それを全て、お金の心配をさせることなく養っているのだから大したものだ。こういうキングが数万人単位で現れれば、確かに少子化も抑制されるのかもしれない。

由美夫人は、これだけ子供を産んでも老けないし、すらっとしたスタイルを維持している。5人の子供は、今春にそれぞれ9歳、7歳、5歳、3歳、1歳となる。彼らは一様に僕に懐いてくれている。小3の長女は立場上なのか分別があり、大人な感じがする。学校から帰ってくると、ピアノ教室やスイミングスクールに出かけていく。家にいてもピアノの部屋に籠ってひとりで練習していることが多い。だから僕と話すことはあまりないが、「進二パパも今度の発表会に来てね」と言ってくれるのが嬉しい。

小1の長男は元気だ。学校が終わるとダッシュで帰ってきては、「進二パパ、ドッジボールやろうぜ！」と言ってくる。友達と遊んだ方が楽しいのではないかと思うが、友達はドッジボールが下手で物足りないらしい。確かに小学1年生では、4月生まれの子が体力的に優位にあるのだろう。僕のような大人の投げる剛速球をキャッチできるようになりたいらしい。幼稚園年中の次男も、このドッジボールの練習についてくることもあるが、自分は応援団のつもりなのか、兄の隣でキャッキャキャッキャと騒いで囃し立てるだけでボールには触ろうとしない。そして、状況によっては次女と三男の面倒もみなければならない。この状況は、雇用夫父なしでは無理だろうと思う。

それにしても5人も子供がいる家庭は、一歩間違えばカオスと化すことになる。月曜日の朝に由美夫人宅を訪問すると、部屋は結構大変なことになっていることもある。

「月曜日の朝がくるとホッとするわ、やっと修羅場の土日が終わって進二くんが来てくれると思うとね。旦那も子供たちと一緒に部屋をひっくり返していくものだから」

「普通の人は、逆なんですけどね。月曜日が来ると憂鬱になるっていうか」

「全く逆ね。世の中の人は金曜日に週末だって言って盛り上がるんでしょうけど、金曜日の夜に進二くんが土日のご飯の作り置きの準備を始めると、私はブルーな気分になるのよ。土日はひとりで頑張らなきゃなって」

「すいませんね、土日が空かなくて」

「いいのよ。この前、旦那が来ない土曜日に他の雇われパパを臨時で頼んでみたのよ」

「どうでした？」

「悪くないんだけど、進二くんには及ばないわね。気も使うし、大変でもひとりでいいわ。ひとりで頑張ることも今後必要になるかもしれないし」

その「ひとりで頑張ることも今後必要になる」というのが何となく気になったが、特に突っ込まなかった。

僕とさやか夫人との関係も、相変わらずだ。つまり、当初から変わらずに土日の契約で働いている。2人の息子、兄の開一君は高校1年生になり、弟の修二君は中学3年生となった。昔と違ってもう家族でレジャーとかいうことはなくなったが、それでもさやか夫人の要望もあって僕は毎週末にさやか宅に出勤し、掃除などの仕事をこなした。

この9年間の間に何事もなかったわけではない。開一君の方は中学に入った頃に若干荒れた時期があった。さやか夫人が46歳で、僕が36歳の時だ。

日頃から素行が気になってはいたが、開一君が、クラスメートを殴って怪我をさせた。中学生の男の子同士なんだから喧嘩くらいいいじゃないかと思うし、喧嘩両成敗だろうとも思うが、その学校では喧嘩御法度らしく、しかも形勢は結構一方的だったらしい。さやか夫人は先生に呼び出されて注意を受け、相手の子の親からのクレームも必要以上に激しかった。一日に何度も電話がかかってきたり、脅しともとれるファックスが届いたり、どうやって調べたのかキングの会社にも苦情が入ったらしい。キングも何があったのかと心配していた。キングは、自分の方は気にするなと言ってくれたようだが、特に何かをしてくれるわけではない。さやか夫人はすっかり憔悴していた。

「どうしたらいいのかしら？」

「相手の家に謝りに行きます？　もちろん僕がついていきますよ。それで誠意をもって謝っても埒が明かなかったら、弁護士の存在を匂わせるのもアリかと。エージェントには山本さんの知り合いの弁護士がついてますから」

「弁護士？」

「もちろん、エージェントの関係の弁護士は、契約関連の諸々の手続が仕事であって、こういうゴタゴタの仲裁が仕事ではありません。ただ、普通の人は、弁護士という言葉に弱いですから」

「ごめんなさいね。こんなことに巻き込んじゃって」

「別にいいですよ。こういう時こそ人を頼るべきですよ」

　喧嘩の相手の子は開一君が普段からよく遊ぶ相手だったらしく、家の場所は開一君から聞き出すことができた。日曜日の夕方、さやか夫人と僕は菓子折を持って相手の家に向かった。

インターホンを鳴らすと、玄関ドアが開き、50歳弱くらいの恰幅のいい男が出てきた。こちらが一通り謝り、菓子折の箱を渡すと、男は、ドアを開けてその箱を家の中に放り込んだ。男が口を開く。

「あんた、お父さんか？」

「はい」

その男は、僕とさやか夫人とを見比べる。

「若いな。もしかして最近流行りの雇われパパか？」

「そうです」

「あ〜わかったよ、あんたらの家庭環境が。子供がそうなるのも納得だね。ヒモが夫婦ごっこして喜んでんじゃゃねぇよって。所詮、作り物の夫婦なんてそんなもんだろ」

その男は口元を曲げて、僕らを睨みつけながら続ける。

「まぁ弁護士とか立てられて、騒ぎ立てられても困るし、もうウチにもウチの息子にも、これ以上かかわらないでくれ」

それはこっちの台詞だよ、と思うが……そう言って男は家の中に消えた。

僕らは家路についた。

「意外とあっさり終わってよかったですね。もっとごちゃごちゃ言ってくるかと思いました」

「…………」

「もうこれであちらも黙るでしょう」

「……ごめんね」

さやか夫人は泣いていた。おそらく、息子が荒れ気味になっていることを悲観する気持ちと、目の前で僕が蔑まれたことに対して、申し訳なく思う気持ちとで複雑なのだろう。

後日、僕は開一君を牛丼屋に誘った。

「進二パパは、いつも牛丼なんて食べるの?」

「たまにね。ここは牛丼屋のくせに豚丼の方が美味いんだよ」

2人で豚丼を注文した。

「本当だ。うめぇ」

「ママが泣いていたよ」

「…………」

「僕は所詮、雇われパパだ。父親っぽいことをしていても、どこまでいっても他人は他人だ。父親なんかじゃない。だから、どうしろこうしろなんて言えないけど、一度でもママの泣いている姿を想像してあげるべきかな。僕が言えるのはそれだけだな」

そして、僕らは黙って豚丼を食べ続けた。


その後、開一君はすぐには改心しなかったが、高校生になると落ち着いてきた。さすがに大人になったのだろう。ラグビー部に入って練習に明け暮れているようだ。弟の修二君は、母親似なのか、根本的に温厚で優しい。そのせいか、中学生になった今も、中学生特有の反抗期のようなものがない。

当のさやか夫人は、昔から凝っているビーズアートをさらに極めていて、平日の何日かはその道のプロの先生に教わっている。その先生は、たまに土日にもさやか夫人宅に来ることがあるので何度か挨拶はしたことがある。30代半ばのエキゾチックな感じの女性だ。友人の少ないさやか夫人でも、彼女とは気が合うらしい。さやか夫人は、アラフィフとは思えないほどに若いから、彼女とは友達か姉妹のようにさえ見える。

僕が週末に夫人宅を訪れるたびにビーズの新作が完成している。いつも部屋に入るとまず、「これどう?」と言ってその新作のビーズオブジェを僕に見せてくれる。どれも凝っていて完成度が高いのはわかるが、僕にはこういうアートの良し悪しなどわからない。作品ごとに何をイメージしたのかを聞いてみても、抽象的でよくわからない。きっとさやか夫人自身の世界が心の中に広がっているのだろう。

今回の完成間近の新作は、高さ20センチくらいの大きめのオブジェだ。この作品、宇宙の中に流される自分をイメージしたとかで、見方によっては土星がモチーフのようにも見えるし、木星がベースにあるようにも見える。もしかしたら、天王星や冥王星から遠くに見える地球と太陽を表現したいのかもしれないが、僕にはよくわからない。さやか夫人は、おおらかながらも繊細で芸術家肌なところがある。

そして、2人の息子が学校行事や部活で不在の日には、僕らは抱き合った。

Ⅱ

　土曜日の午後にさやか夫人宅に行くと、いつものビーズの先生が来ていた。彼女の名前を麗那さんという。僕が麗那さんに挨拶をすると、彼女は笑顔で応えてくれた。

「すみません。奥さんを独占しちゃって」

「あの、奥さんじゃないんですけど」

「あ、すいません、でもご夫婦みたいだから、フフフ」

　すると、さやか夫人が言う。

「もう何が夫婦だかわからないわね。あ、それで進二くん、今日は新作の仕上げで遅くなると思うの。せっかく来てもらったのに悪いけど、適当にやっててもらえるかしら？」

「承知です。適当にやらせてもらいます。麗那さんも夕飯を食べていきます？」

「ありがとうございます。でも、今日中に仕上がるかどうかわからないので、おにぎりで済ませますので、おかまいなく」

「そうなのよ、夕飯は進二くんと息子たちとで食べちゃってもらえる？」

「承知です」

さやか夫人と先生は、作業場となっている一室に籠って作業を始めた。僕は、ふたりがいる部屋以外の部屋を掃除し、夕飯の支度をした。

夕飯を開一君、修二君と僕とで済ませ、後片付けを終えて10時過ぎになると、さやか夫人と麗那さんが部屋から出てきた。作業が終わったようだ。さやか夫人が言う。

「何とかできたわ」

「お疲れ様です」

「進二くん、今日は車よね？」

「はい」

「悪いんだけど、麗那さんを送ってもらえるかしら？　ちょっと遅くなっちゃったから」

「もちろんＯＫですよ」

僕は帰り支度をして、麗那さんと車に乗った。麗那さんは自由が丘に住んでいるという。

「送ってもらっちゃってすいません」

「いいえ、全然かまいませんよ」

「進二さんは、奥さんとは、あ、ごめんなさい、さやかさんとはどういう関係なんですか？」

「どういう関係も何も、契約上の関係です。もう9年になりますけど」

「そうなんですね。ちょっとドライブしませんか、とか言っても怒られませんか？」

「大丈夫ですよ」


僕らは首都高に入り、羽田空港方面に向かった。

「ところで、麗那さんこそ、僕とドライブとかしちゃって怒る人はいないんですか？」

「全然。私、恋人なんて欲しくないけど、デートの真似事がしたいんです」

「彼氏は不要なんですか？」

「私、束縛されるのダメなんです。恋人同士なんていろいろ面倒臭いし」

「でも、デートの真似事してどうするんですか？」

「彼氏がいるってどんなもんなのかなって、疑似体験してみたいだけです」

「疑似体験？　好きでもない人とデートして意味あるんですか？」

「さぁ。あんまり難しいこと聞かないでください」

「でも、わかるような気がします。僕も、たまに、デートの待ち合わせだけしたくなることがあります」

「待ち合わせだけ？」

「相手を待っている時に、どんな服装で来るのかなとか、どんな表情で来るのかなとか、妄想してるとわくわくするんじゃないかって」

「でも、待ち合わせだけしてどうするんですか？」

「さぁ。あんまり難しいこと聞かないでください」

空港が近づくにつれて、あたりは工業地帯っぽくなる。

「進二さんはここら辺にはよく来るんですか？」

「そうですね、ひとりでプラッと。この無機質な雰囲気が好きですね」

「雇われパパって、彼女を作るの難しいんですか？」

「不可能に近いです。この仕事、拘束時間が長いからデートの時間がなかなか取れないし、そもそも他の女性に尽くすみたいな感じの仕事だから」

「ちょうどいいかも」

「何がです？」

「私たち、時々会えませんか？」

「はぁ？　僕でいいんですか？」

「進二さんはデートの待ち合わせがしたくて、私はデートの真似事がしたくて、進二さんには時間がなくて、私は束縛されたくなくて、ちょっと噛み合いません？」

「たまに待ち合せて、軽く真似事をして帰るってことですね」

「そういうことです」

その1週間後に、僕らは会うことにした。


僕は、待ち合わせ場所のホテルのラウンジに着くと、麗那さんがどんな服装で現れるか想像してみた。さやか夫人宅に来るときは、いつもパンツルックだ。ゆったりしたワイドパンツをはいてワークシャツのようなトップスを着ていることが多い。髪型は複雑だ。部分的に細かく三つ編みにしてそれを全体的にオールバックにしている。後ろ髪は束ねられて団子状になっていて、その団子は脳天と後頭部の間くらいに位置している。太めのフレームの眼鏡をしているから、本来の目つきがどんなものなのか、今一つよくわからない。僕はそれほど想像力が豊かではないから、結局、僕の妄想は、そのいつもの麗那さんの雰囲気の延長線上にしかない。

待ち合わせ時間よりも15分ほど遅れて、麗那さんがやってきた。一瞬、本人かわからなかった。パーマのかかったロングヘアで前髪があり、いつもの眼鏡はかけていない。そして、花柄のロングフレアスカートに品のある白いブラウスを着て、可愛らしく麦わら帽子をかぶっている。

「麗那さん、わかりませんでした。とても素敵です」

「ありがとうございます。待ち合わせ、楽しめました？　進二さんの妄想をできるだけ膨らませてあげようと思って、15分遅れてみました。もっと遅れた方がよかったですか？」

「いえ、ちょうどいいです。これ以上遅れると、本当に来てくれるのか心配になってきますから」

僕らは地下駐車場に向かって歩く。

「実は、もっと前にラウンジに着いていたんですけど、進二さんのことを観察して、頃合いを見計らって登場しました」

「細かいお気遣いをありがとうございます。その髪型に服装、完全に妄想外でした」

「どんな妄想をしてたんですか？」

「いつもは、髪の毛を細かく編んでちょんまげみたいにしているし、目尻のとんがった眼鏡してるし、そんなに髪が長くて目がパッチリしてたんですね。美人だと思います」

「ありがとうございます～。今日はコンタクトにしてきたんです」

麗那さんは靨《えくぼ》をへこませてはにかむ。

「それに服装も、そういうちょっとフェミニンな感じのスカートをはいてる麗那さんが想像できませんでした。全体的にとてもいい感じですね」

「わぁ嬉しい、そんなこと言われるの初めてかも」

麗那さんは満面の笑みを浮かべる。

「それにしてもデートするの何年ぶりかしら」

「僕も、気づいてみると、10数年ぶりかもしれません。デートってどうやってするのか忘れちゃいました」

「私もです。35歳にもなって馬鹿みたいですよね」

「必要がなかっただけですよ」

「でも、雇われパパって女性の扱いをよく知ってそうなのに、デートのマニュアルは圏外なんですね」

「確かに盲点ですね。とりあえず、定番のコースでデートごっこしましょうか」

「いいですね」

僕らは駐車場に着く。

「その車です」

「いつもはワゴンなのに、今日はSUVなんですね」

「レンタカーですけど。自分のワゴンは仕事用って感じなので。梅雨も明けたし、今日は仕事を忘れて海にでも行きましょうか」

「いいですね。SUVは見晴らしがいいし、海が楽しみです～」

ホテルの地下駐車場を出ると、外には7月の午後1時の夏空が広がっていた。麗那さんが喜ぶ。

「気持ちいいですね～」

「小学生の夏休みに戻ったみたいな気持ちになります」

「私、小学生の時にデートしたかったです」

「はぁ？」

「だって、難しいこと考えずに無邪気に遊べるじゃないですか」

「確かに。それに、宿題を教えてあげちゃったりして」

「教えて教えて〜。でも、門限5時くらいですよね」

「きっと友達にも冷やかされるし」

「シンジとレイナはぶっちゅっちゅ〜とか言われちゃいそうですね」

「なんですかそれ。ということは、やっぱりお酒は20歳から、デートは35歳からですかね」

「フフフ」


海岸に着くと、僕らは砂浜を散歩し始めた。梅雨明け後間もないせいか、それほどにぎわっているわけではない。

「うわ〜気持ちいい！　海よ。この潮風」

麗那さんは目をつぶって天を仰ぎ、その無防備な表情をさらす。そして我に返ったように砂浜を見つめる。

「ちょっとはカップルもいるんですね」

「僕らも傍目には完全にカップルですけど」

「こういうところに恋人同士で来て楽しいのかしら？」

「さぁどうだか。景色を楽しむんですかね」

「でも景色なんて見てるカップルいませんけど」

「それじゃ思い出作りですかね」

「何月何日に海に行っちゃいましたってＳＮＳにアップしたいんですかね？」

「ふたりでまったりしたいんじゃないですか」

「他にすることないんですかね。みんな暇なんですね。私には退屈そうに見えます。

結局、みんなデートごっこがしたいだけにみえますけど」

「ニヒルですね。でも、本物のデートとごっこのデートと何が違うんでしょう？」

「よくわかりませんね、そういうのって」

僕は日焼けがしたくなり、上半身裸になった。麗那さんが僕の方を見て言う。

「わぉ～、腹筋割れてるんですね」

「ボディガードも雇われパパの仕事なんで、鍛錬は怠っていないというか」

「私がここで絡まれても助けてくれます？」

「一応、そうなります」

「それじゃ、そこら辺のヤンキーに因縁つけてきていいですか？」

「やめてください、医者が忙しくなります」

「でも、シックスパックの男と、麦わら帽子の女って、きっと似合っていますよね」

「おそらくは」

「私たちが絵になっていればそれでいいってことですね。ちょっとわかってきました」

その後、僕らはあまり喋らず、ヒューマンウォッチングをしながら小一時間砂浜を散歩して海を切り上げた。

「水族館にでも行きましょうか？」

「いいですね。涼しそうだし」


僕らは水族館に入ると順路に従って歩き始めた。

「進二さんは、魚に詳しいんですか？」

「いいえ、全然。さばくのは得意ですけど」

「恋人同士で魚を見て、何か共感できるんですかね。子供たちが見て喜んでるのはわかるんですけど」

「予習してから来ないと、どんなに珍しい魚もただの魚ですよね」

「それにしても水族館て暗いんですね。何だか眠くなってきました」

僕は順路の途中にガチャガチャのマシンを見つけた。魚のフィギュアが封入された半透明のスーパーボールが出てくるものだ。

「麗那さん、記念にガチャガチャやっていきません？」

「あ、面白いかも」

僕らは1回ずつガチャガチャをやった。麗那さんはシュモクザメのフィギュア入りのスーパーボールを当て、僕はシャチのフィギュア入りのスーパーボールを当てた。

「これ可愛い！　進二さんとのデートの記念に大切にとっておきます」

「本物の魚よりも感激なんですね。何だか急にテンション上がっちゃって」

「だってこのT字型の頭の魚、可愛くないですか？　この魚、何て言うんでしたっけ？」

「シュモクザメとか、ハンマーヘッドとかいいます」

「そうそう、シュモクザメ。私、すっかり目が覚めました」

「何だか、変わった感性ですね」

「そうですか？　進二さんのシャチも素敵ですよね」

「それじゃ僕もこのシャチのスーパーボール、記念に大切にとっておきますよ」

「アハハ、ふたりともわけわからないですよね」

そして、僕らは軽く着替え、予約しておいたレストランに向かった。ホテル最上階の夜景の見えるレストランだ。

僕らはレストランに入ると、窓際の席に案内された。確かに見事な夜景だ。

「実は僕、夜景の見えるレストランなんて初めてかもしれません」

「私もです」

「コースで予約しておいたので」

「わ～ありがとう。楽しみです」

窓の外の夕焼けが一層深くなり、夜景がいよいよ綺麗になってきた。麗那さんは夜景にくぎ付けになっている。

「夜景、綺麗ですね。作品のインスピレーションにつながりそうです。ちょっとスケッチしていいですか？」

麗那さんは、鞄からタブレットを取り出すと、描画ガジェットを使って夜景をスケッチし始めた。

「写真じゃないんですね」

「網膜に映る現実に見えるイメージが欲しいんじゃなくて、それに感情を加えたイメージを心のスケッチとして残したいんです。すぐに終わりますんで」

「別にゆっくりでいいですよ。しかし、絵が上手なんですね」

「仕事柄ですかね」

しばらくしてオードブルが運ばれてくる。僕らは食べ始めた。

「このソース、僕に作れるかな。口当たりがさっぱりしているのにのど越しがこってりした感じで不思議ですね。逆はよくあるんですけどね」

僕はウエイターをつかまえてソースの素材などをたずねると、「さすが、お目が高こうございます」とばかりに、快くそのソースの材料などを教えてくれた。

麗那さんが笑いながら言う。

「私たち、結局行きつくところは仕事ですね。進二さんは料理の作り方が気になって、私はビーズのインスピレーションが大事で」

「でもいいじゃないですか。お互いに見ているものがバラバラでも、2人で行動することによってそれぞれが必要な何かを得ていく感じがします」

「素敵なこと言いますね」

そしてメインディッシュの後にデザートが運ばれてくる。ウェイターは水晶玉のような信玄餅のデザートをテーブルに置くと、そのデザートを説明する。

「本日のデザートは、シュモクザメを包み込んだ信玄餅でございます」

透明な球状の信玄餅の中に、黄土色の地に黒い斑模様のシュモクザメが浮いている。ウェイターが続ける。

「中のシュモクザメは、きな粉と黒蜜から生まれました」

「わ〜可愛い！　え、でもどうして？」

「こちらのお客様からのリクエストです」

と言って微笑むとウエイターは去っていった。

「ささやかですけど僕からのプレゼントです」

「きゃぁ嬉しいです〜、こういうのをサプライズっていうんですね」

「今日のポイントは、水族館のガチャガチャで当てたシュモクザメ入りのスーパーボールかなと思ったんで、そんな感じのデザートをレストランにお願いしておきました」

「気が利くんですね」

「それと、今日の麗那さん、とても素敵なのでプレートに余計な一言も添えさせてもらいました」

その信玄餅のプレート上には、黒蜜ソースで「Love REINA」と書かれてある。

「感激です〜。デートって楽しいんですね」

「僕も麗那さんの反応を見て、楽しくなってきました」

僕らはシュモクザメ入りの信玄餅を堪能した。

自由が丘まで麗那さんを送る。アパートの前で車を止めると、麗那さんは助手席から微笑む。

「今日は楽しかったです。ありがとうございました」

「こちらこそ。これが定番のデートコースらしいんですけど、満足のいくデートごっこになりました？」

「ええ、とっても。いろんな意味でシュモクザメを一生忘れられそうにありません。進二さんにとっても、いい感じの待ち合わせができましたか？」

「もちろん、最高でした」

「また機会があれば」

「そうですね、是非」

「おやすみなさい」

と言って麗那さんは車を降り、アパートに消えていった。

Ⅲ

世の中は夏休みに入った。今日もさやか夫人宅に行くと、2人の息子は出かけていた。開一君はラグビー部の夏合宿で、修二君は修学旅行らしい。


僕が部屋の掃除をしていると、さやか夫人が言ってきた。

「さっき、してる時に気づいたんだけど、背中剥けてるのね」

「先週のオフの日、海に行ってきたんですよ。実は、結構かゆくて」

「ベランダで剥いてあげるわよ」


さやか夫人宅には、6畳ほどの広さのオープンエアのベランダがある。4LDKの間取りに対して若干広いベランダだ。このベランダは、三方向が壁で囲まれていて、つまりは壁に窪む形でベランダが形成されている。3階とはいえ、プライベートな空間が確保されていることになる。

ベランダには幾つかのプランターが無造作に置かれていて、草木が植えられている。

さやか夫人は基本的に整理整頓というものをしない。だから、一つ一つの草木は整っているものの、ベランダ全体としては雑然と雑多な植物が生い茂っている感じだ。ベランダ中央には、金属の丸いテーブルと2脚の椅子のセットが置かれていて、しいて言えば、全体的に欧風な空間となっている。

晴天のベランダで、僕が一方の丸椅子に座ってさやか夫人に背を向けると、さやか夫人も他方の丸椅子に座り、僕の肩や背中の皮を剥き始めた。少し剥くたびに、

「ほらこんなに大きいの取れた」

と言っては、ブルーとゴールドの模様のネイルでその皮をつまんで僕に見せる。

「どこの海に行ったの？」

「茅ヶ崎の方です」

「へえ〜誰と？」

「友達とです」

「麗那さんと？」

「なんでわかるんですか？」

「それくらいわかるわよ。最近の麗那さん、嬉しそうなんだもん」

「まぁ事の成り行きで」

「いいじゃない。ちゃんと若い娘とデートした方がいいわ、進二くんも。でもいいわね、若いって」

「デートごっこですよ」

「麗那さんて実は美人よ」

「それは僕も認めます。それに性格も素直で面白いですね。それでいて自分もしっかりと持っているし。でも、お互いに惹き合うものは特にありません。きっと麗那さんもそう思っているでしょう」

「それは残念だったわね」

「そもそも僕は、雇われパパですよ」

「ダメかしら？」

「難しいと思います。他人事のように言わないでくださいよ」

さやか夫人は珍しくキングの話を始めた。

「私ね、若い時ずっと派遣社員やっていたって話したでしょ。旦那の会社の株主総会で受付嬢やってたら、旦那に声をかけられてって流れね。旦那は一応独身だったけど、認知した子供がいることも話してくれたわ」

「それが、今の本妻とその子供ってわけですね」

「そう。どうしようかと迷っていたんだけど、薄給の派遣社員なんて長くはやっていられないし。それで、あの人、とにかく押しが強いのよ。私も流されやすくてダメね。そうこうしているうちに私にも子供ができて」

「認知はしてくれたんですね」

「あの人、そういうところは堂々としていて逃げない人だから」

「最近はどうされているんですか？」

「さあ。彼の事業の成功が続くことを願うだけだわ」

「便りがないのはいい知らせだといいですね」

「そうね」

さやか夫人はそれ以上キングの話をせずに、黙々と僕の皮を剥き続ける。


「背中、綺麗になったわ」

「ありがとうございます」

すると、僕は、後ろから抱きしめられた。

「これからも一緒にいて私を助けてね」

「助ける？　どうしたんです？　急に」

「あまりいい予感がしないの」
「また予言者みたいですね。でも、いつからそんなに心配性になったんですか？」
「歳のせいかも」
「心配しないでください。僕は、毎週ここに来ますよ」

比べることでもないが、さやか夫人と由美夫人とは対照的な方向に向かっているように見える。当初、僕はこの2人を一夫多妻制度の中の小綺麗なマダムという括りで同じような部類の人として捉えていた。それでも、さやか夫人はますます孤独な方向に向かい、由美夫人はますます社交的な方向に向かっている。

さやか夫人は、キングにはもう何年も会っていないという。もちろん事務的な連絡が必要なときもあるが、それはメールや郵便で済む話だ。それに、さやか夫人には、友人があまりいるように見えない。いつもひとりでビーズアートに没頭したりネイルを彩ったりしている。最近では麗那さんの指導のおかげで小さなコンテストに入賞することもあるが、特にそれ以上のビーズ仲間はいないようだ。

一方の由美夫人は、相変わらずキングとは仲良くやっている。キングは、今でも週末には子供たちの顔を見に来ては泊まっていくらしく、この習慣は10年近く変わっていない。由美夫人には、マダムとしては珍しく、いわゆる横のつながりも多少あるようで、キングの他のマダムのうちのひとりとも話すことがあるようだ。同じキングが選ぶだけあって、そのマダムもしっかりしたまともな人らしい。そこにつまらぬ確執やマウンティングなどはなく、つかず離れずの人間関係を維持しているという。そして、由美夫人には、5人の子供の分だけママ友がいて、それぞれのママ友との付き合いも活発だ。由美夫人のママ友が家に来るからお茶の準備をしてほしいと頼まれることもある。由美夫人は、ママ友からは一様に羨ましがられた。

「いいわね、由美さんは。イイ男がお茶も淹れてくれて、ご飯も用意してくれるなんて」

　中には、僕の給仕を楽しみにして、大した用事もないのに来るママ友もいる。ここはカフェではないが、こちらも別に悪い気はしないし、由美夫人と共通の話題ができるのもよいかと、快く受け止めていた。こうして由美夫人は孤独とは全く無縁で、時々ひとりになりたいとぼやくことさえある。

　僕は正直なところ、さやか夫人のことも由美夫人のことも好きだ。由美夫人に関しては、好きだというよりは憧れているのかもしれない。由美夫人は、顔立ちも整っていて、後から知ったことだが結構な高学歴でもあり、その聡明さが納得できる。それでいてアスリートのようなしなやかなスタイルと身のこなしがあり、社交的で話していて楽しく、この人に憧れない男はいないのではないかとさえ思える。一方、さやか夫人のおおらかさと繊細さのギャップには惹かれるものがある。そして、さやか夫人とキングとが疎遠なことが、もはや僕の仕事のモチベーションになっているような気さえする。

雇用夫父の資格を維持するためには、国の定めた研修を定期的に受けなければならない。eラーニングもあれば集合研修もあり、10年を1区切りにしてその間に所定の単位を取得しなければならず、特に、10年に1回は集合研修に出席することになっている。この集合研修は1日で終わるからよいものの、講師の話を聞くだけではなく、事前課題が出され、それに対する回答を用意しなければならないし、それに関してグループディスカッションなどもあり、ちょっとした手間となる。

手間とはいえ、履修しないわけにはいかないので僕はその研修に出席した。出席して報告書だけ提出すれば資格は更新できるらしい。

グループディスカッションでは、種々の難しい状況で雇用夫父としてどのように対応すべきかが話し合われる。マダムに長時間労働を強いられた場合にどうするか、子供が悪さをした場合にどうするか、キングが殴り込んできたらどうするか、など議題は多岐にわたった。マダムと情交を持ってしまった場合にどうするかなどは議題にならなかったので若干ホッとした。これは、公に触れることができないタブーな部分なのだろう。

そのグループディスカッションのメンバーには、以前に山本さんが開いた忘年会に参加していた安田さんがいた。そう、雇用夫父としては珍しく妻子持ちの人だ。安田さんも僕のことを覚えていてくれた。我々は、研修後に軽く食事をとった。

「その後、安田さんの契約は順調ですか？　髪型をマダムに合わせるって言ってましたけど、そのロン毛はマダム仕様なんですか？　前は爽やかに短髪だったと思いますが」

「そう、マダムが、やっぱりロン毛がいいとか言うから、1年かけて伸ばしたさ」

「奥さんは嫌がりませんでした？」

「それがさ、このロン毛が決定打になっちまったかな。何年間も喧嘩しながらも何とかのらりくらりとやってきたんだけど、今はもう別居しててさ。これから離婚の協議に入る段取りかな」

「息子さんはもう社会人だと思いますけど、どうしているんですか？」

「カミさんと暮らしているよ。一応、何だかよくわからない会社だけど就職したから、息子はひとりで食っていけるんだけど」

「いろいろと大変そうですね」

「それがさ、何年ぶりかに息子が話しかけてきたと思ったらさ、『雇用夫父ってどうよ？』って聞いてくるんだよ」

「雇用夫父試験を受けようとしているんですか？」

「検討中らしい。こんなオヤジの姿を見て、雇用夫父になりたいと思うものかと、ちょっと驚きではあるんだが。息子の会社はちょっとブラックらしくて、雇用夫父のような安定した収入の職が気になるんだろうな」

「隣の芝生は青いんですかね。いい契約あっての安定収入なんですけどね」

「その通り。で、息子にはやめとけって言ってあるんだ。って言うのも、雇用夫父って本当に少子化抑制とか世の中の役に立っているのかなと思って。仕事とはいえ他人の家庭を助けて自分の家庭が崩壊するって、なんだか本末転倒だろ。自分の家庭を真面目に営む気があればのことだけどな」

「自身の家庭との両立はやっぱり無理なんですかね？」

「難しいと思うよ。俺は食っていくために仕方ないから、この仕事を自分なりに正当化して続けていくと思うよ。だいたい俺、今年で49歳になるし、今の契約にしがみついていくしかないしな。ただ、制度の根本からやっぱり考え直した方がいいんじゃないかなって、いろいろ疑問が湧くよ」

「1期生の皆はどうしているんですかね？」

「雇用夫父を辞めて、格闘技の道場と本格派イタリアンがくっついたような道場兼レストランというか、レストラン兼道場を開いたのがいるらしいよ。彼は結局、料理と武術だけをやりたかったみたいだな」

「そのレストラン、戦って食って強くなれ、みたいな感じなんですか？」

「噂によると、ロッキーのテーマとかそういう曲が流れているんだとよ」

「80年前の名作を。時代に逆行していると思いますけど、繁盛しているんですか？」

「さぁね。でも雇用夫父を辞めて他のビジネスを始める人も結構いるらしいよ。この不透明な将来というか、よくわからない制度というか、幸せなのか不幸なのかわからないようなこの職業に見切りをつけてさ」

確かに、条件付き一夫多妻制度と雇用夫父制度については、制度の是非、制度の効果、将来の動向など、未だによくわからないことだらけではある。それでも結局我々はこれで食べていくしかないから、というのが安田さんと僕の結論だった。

9月に入ると麗那さんからメールが来た。一応、僕のことを気には留めてくれているようだ。

〔山梨の実家から巨峰が届きました。進二さんもいかがですか？　舌が肥えた進二さんのお口に合うかな～〕

……

〔巨峰、大好物です。麗那さんの都合のいい日に、そちらに車で取りに行きます！〕

……

〔今日でもいいですよ。アパート前の路地は狭くて近所迷惑になりそうだから、路地に入るところの通りに着いたら連絡いただけます？　そこに持って行きます。何時頃来ますか？〕

……

〔それじゃ夕方の6時頃に行きます〕

……

〔OK！〕

6時過ぎにその通りに着いたので、車を停めて麗那さんに連絡を入れる。すると、

〔すいません、ちょっと遅れます。そこで10分くらい待っていてください〕

との返信が来た。日は落ちたようだが、辺りはまだ明るい。僕は、普段着の麗那さん……どちらかというと部屋着の麗那さんがどんな雰囲気なのかを想像して待ち時間を楽しむことにした。

数分すると、白人女性らしき2人組が車に近づいてくるのがバックミラーに映る。一方は黒髪ショートヘアで、他方は金髪ロングヘアにサングラスをかけている。黒髪ショートヘアの方が途中で立ち止まり、金髪ロングの方がそのサラサラのストレートヘアをなびかせて車の横まで来ると、助手席のガラスをノックしてきた。近所の外国人が「ここに駐車するな」と文句をつけに来たということか？　ここは駐禁じゃないだろ。

いや違う、麗那さんだ。

僕は驚いて車を降りた。麗那さんは、細いジーンズをピチッとはいて、黒のノースリーブを着ている。麗那さんがこんなにスレンダーでスタイルがいいとは知らなかった。麗那さんがサングラスをとって微笑む。

「ビックリしました？」

「それはもう。麗那さん、恰好良すぎです」

「髪、ストレートにして染めてみました。今日はデートごっこできませんけど、待ち合わせは、私も楽しんじゃおうかなって感じです」

「いや完璧です。窓をノックされた瞬間に、外国人に因縁つけられたのかと思いましたよ。……あちらの方は？」

「彼女は本物のアメリカ人です。友達なんです。いまウチに遊びに来ていたんで、ちょうどよかったかも」

「そんな演出まで、妄想外すぎました。しかし麗那さん、モデルになれますよ」

「この金髪、まだ慣れなくてちょっと恥ずかしいんですけど」

と言うと、麗那さんはうつむき加減に照れながらその前髪をかき上げる。

「とても似合っていますよ。その仕草も含めて」

「ありがとうございます〜。それで、はい、これ巨峰です」

麗那さんは巨峰の入った紙袋を僕に渡す。

「お口に合うかしら？」

「ごちそう様です。早速今日のデザートにします」

連れのアメリカ人女性は、少し離れたところからニヤニヤしながら僕らのやり取りを見ている。彼女を待たせるのも悪いので、麗那さんとは適当なところで別れた。

V

最近、さやか夫人が微妙な表情をする。

「どうしたんですか、最近」

「あの人がね、どういう風の吹き回しか、久しぶりに会おうって言ってきたの。10年ぶりになるかしら」

「何か詰まる話でも？」

「それがあまりいい話ではなさそうなのだけど。あの人、そういうことだけは逃げずに面と向かって真面目に話す人だから。それがいいところでもあるんだけど」

「生活費のことですかね」

「わからないわ。確かに今までがもらい過ぎていた感じもするし、貯金もしてきたから多少の減額は大丈夫なんだけど」

「杞憂に終わることを祈りますけど」

「そうね。それでね、進二くんも一緒にどう？」

「僕が同席しちゃまずいでしょう」

「それがね、あの人が3人でどうだろうって言うから。きっと何か要件があるんでしょうけど、ふたりきりになって深い話というのも避けたいのかもね」

「キングがそう言うのなら、もちろん同席しますけど」

「私としても、生活費のこととか、進二くんが聞いていてくれる方が心強いわ」

「そんなに警戒すべき状況なんですか？」

「あの人、騙すような人じゃないんだけど、お金のことは私じゃよくわからないかもしれないから。逆に、『お前じゃわからないだろうから、誰かわかる人を連れてこい』ってことかもしれないしね」

「わかりました。いずれにしても、僕も行きますよ」


土曜日の夕方、さやか夫人と僕は銀座の料亭に向かった。キングの行きつけの店らしい。

店に入ると奥の方の30畳ほどの広間に通された。キングはまだ来ていない。その広間の中央のテーブルに僕らの席が用意されていた。部屋が広すぎて落ち着かないが、とにかく待つしかない。

「なんだか、この広い座敷といい、床の間の掛け軸といい、殿様に会いに来たみたいね」

「実質的にそうかもしれません。『苦しゅうない、顔を上げい』とか言われちゃうんですかね」

「くわばらくわばらだわ」

「自分の夫じゃないですか」

「形の上ではね。いきなり『会いたかったよ、さやこ』とか言われたらどうしよう。訂正してあげるべきかしら」

「訂正は早い方がいいと思いますが。っていうか、間違われてから考えましょう」

「そうね」


待つこと数分、廊下から声がした。

「本日はこちらでございます。広い方の部屋しか取れなくて申し訳ございません」

「構わない。ありがとう」

キングが部屋に入ってきた。

キングは僕を一瞥すると、まず、さやか夫人に挨拶する。

「久しぶりだね。変わっていない。今日はわざわざありがとう」

「こっちこそ。あ、こちらが雇用夫父の新藤進二さん」

「雇用夫父の新藤です。いつも大変お世話になっております」

「ごくろう。いつもすまないね」

キングは右手を差し出し、僕と握手する。

「さぁさぁ、みんな座って」

僕らが席に着くと、キングは仲居さんを呼ぶ。

「いつものコースで」

見たところキングは、僕の予想通りの雰囲気だ。一言で言うと立派なナイスミドルといったところだ。もう50代半ばでも老いを知らぬが如くのつやつやというかギラギラした感じだ。決して威圧的でも虚勢を張っているようでもない。顔の彫りが深く、声が太く、落ち着いたオーラを放っている。同じキングでも以前に会った由美夫人のキング……そう、中身は凄くても一般人に同化してしまいそうな普通の外見の人……とは正反対な雰囲気だ。

「開一も修二も元気にしてるか？」

「ええ、とても。開一はラグビー部で頑張ってるわ。修二は相変わらずフニャフニャだけど」

「今日は、本当は開一も修二もと思ったんだが、ちょっとビジネスの話もしたくてね。だから君たちふたりに来てもらったんだ」

「ビジネス？」

「ちょっと大袈裟だったな。僕はまどろっこしい前置きは嫌いだから本題に入るけど、生活費のことだ」

さやか夫人と僕は、一瞬顔を見合わせる。やはり、だ。

「残念ながら、ここのところ経営が芳しくない。言い訳は山ほど並べられるが、ここではやめておこう。すまないが、生活費を減額させてほしい、ということだ。それも大幅に」

飲み物と料理が運ばれてくる。そして、僕らは具体的な金銭の話を始めた。生活費にどれくらいかかっているのか、開一君と修二君の学費がどれくらいなのか、政府の補助金はいくらもらっているのか、そしてそれは増額できないのか、などだ。やはり僕がいないと話は進まないだろう。

「それと、これは雇用夫父である君には申し訳ないんだが、エージェントには契約料の減額をお願いすることになる。それが君の報酬に影響するかどうかは、私の知るところではないんだが、悪く思わないでほしい」

そして、こちらサイドのこの手の金銭的な諸々をもう一度書面にして提出してほしいと言われた。

「ギリギリの努力はするつもりだ。期待に添えないかもしれないが、君たちには理解してほしい」

さやか夫人と僕はうなずいた。

料理が進むと、キングは事業の話を始めた。

「敢えて言うなら、遅すぎたＡＩビジネスと、早すぎた冬眠ビジネスといったところかな」

「ＡＩビジネスが遅すぎたんですか？」

「そう、撤退がね。知っての通り、ＡＩは30年くらい前にはとても有望視されていて、各企業がこぞって開発、導入を進めた。でも、いざ実用になると、当然に失敗も発生する。ＡＩ自動車が事故を起こすこともあれば、ＡＩ金融取引で大損を出す者もいた。それに、ＡＩ翻訳を使って財産にかかわるようなとんでもない誤訳を発生させる者もいた。特に、特許とかの知的財産の分野でね。そして、失敗の責任のなすりつけ合いのような訴訟が頻発するようになったんだ。裁判の帰趨はともかくとして、結局は使った方の自己責任。世間のAI熱は一気に冷めた。私もAI事業の売却を検討中だったんだが、引き際が遅かったということだ」

さやか夫人の言う通り、キングには自分の非を認める素直さがある。

「それと、冬眠サービスは、導入を早まったな」

「冬眠?」

「そう、人間を低体温状態にして人工的に冬眠させるシステムのこと。聞いたことあるでしょ。世の中のニーズに早く応えたかったんだ」

「ニーズがあったのですね?」

「私がまだ20代の頃、つまり君がまだ小学生だった頃に、ウイルス性の疫病が流行したんだ。そのせいで景気が悪化して失業者が急増した。ただ、失業者といえども人は食べていかなきゃならないし、電気代や水道代も払わなければならない。政府の支援金もあったけど、それには限度がある。だから、その禍が過ぎる数カ月の間だけ、そういう人たちを文字通り眠らせておくことはできないかって。体温20数度の状態では呼吸も脈も1分間に1回程度なんだ。何カ月も眠っている間には、食事も点滴もいらない。電気代も水道代もその数カ月は解約してしまえばいい。つまり、食費も光熱費もかからないということだ。こういうのって医療的には実用されていたんだけど、それを汎用的なサービスにしたかったというわけ」

キングは続ける。

「その数年後に、あるベンチャーが開発に成功したんだ。猿を使った動物実験でも、人での臨床試験でも、100パーセント成功した。だから我々がそのベンチャーを買収して、独占的な実施権を得たんだ。これで不景気の時には、人々は文字通り眠って景気回復を待てるようになるってことだ。そして、当初は不景気対策だったんだけど、意外なところにもニーズがあってね。リタイア後の旦那とその奥さんが交代で冬眠したいなんてね」

「年金では食費が賄えないんですか？」

「それもあるだろうけど。それ以上に、一緒にいたくないというのか、熟年離婚防止策といったところかな。熟年夫婦の性格の不一致とか、君にもわかるでしょう。正確には、奥さんが旦那を眠らせておきたいってところなんだろうけど。だから、このサービスも随分期待されてね」

「順調だったんですね」

「そう。ところが、試験運用で2例ほど失敗が出た。実用段階の一歩手前だったというのに。ひとりは冬眠前の記憶を失くしてしまい、もうひとりは冬眠状態から蘇生するのに1年かかってしまった。本当は2カ月の冬眠の予定だったのに。蘇生プログラムを何度実行しても体温が元に戻らなくてね。これが表沙汰になるかどうかは金次第のところもあるんだが、死亡例が出なかっただけでも不幸中の幸いかもしれないな。いずれにしろ、実用化は当面は凍結され、事業化は無期限の延期になるだろう。この事業には随分つぎ込んだんだが、功を急ぎすぎたということだ」

さやか夫人が若干退屈そうになってきたところで、我々は開一君と修二君の話題に移った。キングは、2人の息子とは疎遠になったとはいえ、彼らに一定の関心は持っているようだ。ただ、さやか夫人が時々するビーズの話については、露骨に態度には出さないものの、どうでもいいようだった。

そして、あっという間にコース料理が終わった。緊張していたのか、料理人でもある僕でさえも、何を食べたのかよく思い出せないし、ましてや味など感じなかった。料亭を出ると黒塗りのハイヤーが停まっていた。

「君たちはこれで帰りなさい」

「ありがとう」

「ありがとうございます」

「ありがとうなんて言ってもらって済まないが、こうして車を使わせてあげられるのもこれが最後になると思う。それと、さっき言った通り、お手数だが、生活費に関する資料は後日送ってほしいのでよろしく」

僕らは挨拶とともに別れた。車の中でさやか夫人と話す。

「立派なキングですね」

「あの雰囲気は変わっていないわ。あの頃は何もかも成功する人かと思っていたんだけど、失敗することもあるのね。先のことは本当にわからないわ」

Ⅵ

11月になると、秋も深まってきた。土曜日、朝5時に起きる。今日は9時にさやか夫人宅に出勤すればいい。外は雨上がりのようだ。

朝支度をしていると、麗那さんからメールがきた。

〔おはようございます。起きてました？　今日は朝靄が綺麗に立ちそうです。仕事前に自由が丘緑道を一緒に散歩しませんか？〕

……

〔いいですね。日の出くらいの時間に行けばいいですかね。6時くらいかな。ちょうどサンドイッチ作っていたので持っていきますよ〕

……

〔わー嬉しい、私はコーヒー持っていきますね。緑道端っこの噴水広場で待ってます〕

地図で調べると、自由が丘緑道の噴水広場は、麗那さんのアパートから３００メートル程度のところにあるようだ。

パーキングに車を停め、緑道端の噴水広場に向かう。確かに朝靄が立っている。木々に囲まれた噴水広場に入ると、朝靄の中で麗那さんはベンチに座って僕を待っていた。今日は黒髪のストレートヘアで後ろ髪を左側にワンサイドにして前に流している。そして、濃い色のタータンチェックのロングスカートにグレーのセーターを着ている。麗那さんは僕を見ると、軽く手を振って微笑む。

「忙しい朝に突然呼び出しちゃってごめんなさい」

「大丈夫ですよ。今日の麗那さんは、とてもほっこりした感じですね」

「人恋しい季節だから、一緒にいたい感を出してみました」

「とても素敵です。黒髪に戻したんですね」

「和のテイストも大切にしようかなと思って」

僕らは噴水広場から緑道を歩き始める。

「ところで、こんな緑道、昔からありましたっけ?」

「10年くらい前に整備されたんです。進二さんは10年前、何してました？」

「受験勉強していましたね、雇用夫父試験の。あまり思い出したくないですけど。麗那さんは？」

「私も駆け出しで、師匠について仕事してましたね」

「師匠がいたんですね」

「その師匠は高齢だったので、その後引退して、私がその仕事を幾らか引き継いで今に至る感じです」

「そうだったんですね」

緑道は500メートルほどの真っすぐな杉並木になっている。向こう側の終点は朝靄で霞んで見えない。

「このたくさんの杉と靄の感じが東山魁夷の絵の中に入ったみたいですね」

「そうなんですよ。進二さんは、絵に詳しいんですか」

「いえ全然。画家と言えば東山魁夷と葛飾北斎くらいしか知りません」

「それだけ知っていれば十分ですよ。私、いつもこの東山魁夷の絵の中を独りで歩いていて、誰か隣にいてほしいって思っていました」

「僕でよければ」

「嬉しいです。でも、もっと傍を歩いてくださいよ」

十分に傍を歩いていると思ったが……そうか、僕は麗那さんの右手を握った。麗那さんも、僕の左手を握り返してきた。僕らは何も話さずにしばらく歩き続けた。

僕らは緑道中間点の小さな広場に着くと、ベンチに座り、僕が持ってきたサンドイッチを食べ、麗那さんが持ってきたコーヒーを飲む。

「このサンドイッチ美味しい！」

「ありがとうございます。こんな朝食も時にはいいですね」

「今日一日楽しい気分で過ごせそうです」

「なんだか違う人の人生を体験しているみたいです」

陽がだいぶ昇ってきた。僕らは、引き続き緑道の残り半分を歩く。

「今日、進二さんが来てくれて本当に嬉しいです。こういう朝靄が立つ日って年に一回あるかないかなんですよ。共感してくれる人が欲しかったんです」

「僕も嬉しいです。こんな景色があるなんて知らなかったし、心が洗われるというか、癒されるというか、麗那さんが傍にいてくれるからだと思います」

「時々、一緒に景色に溶け込んで共感したいですね」

僕は麗那さんをアパートまで送ると、さやか夫人宅に向かった。

その後、由美夫人は相変わらず明るい。僕が食事の支度をしていると、時々手伝ってくれる。

「進二くんと一緒に料理しちゃおうかな」

と言って由美夫人は腕まくりをする。

「そのブルガリの時計、いいですね。でも、炊事の時は外した方がいいかもしれません」

「そう？　これ防水でしょ？」

「いやそういう問題じゃなくて、高級腕時計なので傷が付かないようにした方がいいかと」

「そうなの？　旦那が海外のお土産で買ってきてくれたのよ。私、こういうのよくわからないんだけど、高いの？」

「そのモデルは、日本では３５０万円くらいですよ」

「そんなにするの？」

「高いか安いかは、その人次第ですけど」

「進二くんは腕時計に詳しいの？」

「まあまあですかね。見るのだけは好きです。そういうのは持ってないんですけど」

「旦那が海外で買ってきた時計がもう一つあるんだけど、見てもらっていい？」

由美夫人がその腕時計を持ってきた。

「お〜これは、パテックフィリップので、６００万円くらいしますよ」

「ウソ〜、知らずに父母会とかに普通に着けてっちゃった」

「いいじゃないですか。家宝みたいに保管しておいても逆にもったいないですし」

「でも、この６００万円のは、ちょっと男っぽい感じもするんだけど」

「このモデルはユニセックスですので」

「そうなの？　それじゃ進二くんがデートする時、貸してあげるわよ」

「ありがとうございます。でも、腕に６００万円着けてちゃ気が気じゃなくて、デートに集中できませんよ。そもそも僕には彼女いませんから」

「それもそうね。でも、好きな人とか彼女とかできたら、ちゃんと言ってね。ウチの仕事よりもデートを優先していいから」

「お気遣いをありがとうございます」

「最近、ちょっと心配になっているのよ。進二くんがこのまま独り身でいいのかなって。女の子を紹介してほしかったら言ってね。私の後輩で独りの娘は結構いるから」

「由美さんの紹介って女子レベル高そうですね」

「自信がなきゃ進二くんには紹介しないわ」

「それはどうも。でも僕は適当にやりますんで、大丈夫です」


土曜日、僕はいつものようにさやか夫人宅に行く。

久しぶりにさやか夫人の表情が明るい。もっとも、さやか夫人は穏やかだからいつもニコニコした雰囲気ではあるが、今日はそのニコニコともちょっと違う。何かいいことがあったのかもしれない。

「売れたの。この夏の新作が」

「それはおめでとうございます。あの宇宙の中で流される自分をモチーフにした作品ですね?」

「そう。コンテストに入選して展示された時に、その人の目に留まったのよ。それでね、進二くんは今度の木曜日って仕事よね」

「でも先方に言えば休暇は取れると思いますよ」

「実はその日、買ってくれた人のお店に作品を搬入するのだけど。車を出してもらえると嬉しいなって思って。午後だけでいいから」

「それは喜んで。そのお店はどこにあるんですか？」

「横浜のみなとみらいなの。ビルの中の喫茶店なんだけどね」

「みなとみらいの喫茶店なんて凄いじゃないですか」

「まあね」

と言ってさやか夫人はピースサインをして得意げに微笑む。10歳も年上とは思えないほどの可愛らしい笑顔だ。


由美夫人は僕に快く休暇をくれた。理由など聞いてはこないが、僕がついにデートでもするようになったのかと思っているのかもしれない。

木曜日の夕方、僕らは、さやか夫人宅から横浜の喫茶店に向かった。ホテルの駐車場に車をとめると、僕は作品の入ったケースを持ち、さやか夫人の後を歩く。

そこは20席ほどのウッディな感じの小さな喫茶店だった。店に入り、さやか夫人が店員に要件を伝えると、まもなくグレイヘアの初老の女性店長が出てきた。3人でテーブルに座ると、店員がコーヒーを淹れてくれる。店長はケースに入った作品を見て改めて感激する。

「まぁ素敵だわ。改めて間近で見るとやっぱりいいわね」

「飾っていただけて光栄です」

「ビーズは長くやっていらっしゃるの？」

「10年くらいですね。もう部屋をちらかしながら。作業部屋の入口にバスマットが敷いてあって、部屋を出る時はそこで足の裏についたビーズを落としてからじゃないと他の部屋に行けないんです」

「部屋の中と外とで別人になってそうですね」

「そうかもしれませんね。息子が2人いて、小さい時は入っちゃダメっていっていたんですけど、ダメっていうと入りたくなっちゃうのが子供だから。一度荒らされました。息子を本気で叱ったのはそれが最後かもしれません」

「お子さんはお幾つなんですか」

「今は高1と中3です」

「えっ、そんな大きなお子さんがいらっしゃるようには見えませんでした」

「すみません、あまり母親らしくないんです」

「そんなことありませんわ。とても優しくて落ち着いた雰囲気のお母様に見えます」

「ありがとうございます」

なかなか見る目のある店長だと思う。店長とさやか夫人はビーズ談議を始めた。この店長もビーズをやるらしく、「ピューター」だの「テグス」だのと専門用語が飛び交い、ふたりのマニアックな会話に僕はついていけなかった。それにしても、僕や麗那さん以外の他人と気さくに喋るさやか夫人を見るのは久しぶりかもしれないし、いや初めてかもしれない。喋り方に品があって想像以上に社交性も感じるし、表情がとても生き生きとしている。

しばらくすると、僕に対する店長のチラ見的な視線が気になってきた。「この方は旦那？　ではなく彼氏？」という目だ。

それを察したのか、さやか夫人は、ビーズの話を切り上げて事務的な会話に移り、お暇《いとま》する流れとなった。僕が雇用夫父であることは伏せなければならないことではないが、長い話になるのが面倒なのか、僕に気を使っているのだろう。

駐車場から車を出すと、午後5時を回っていた。みなとみらいの高層マンション群の中の碁盤の目状の街を西に向かって走る。

「今日はありがとう。助かったわ」

「どういたしまして。それにしても空が綺麗ですね。このビルの谷間の直線道路に夕焼けが映えます」

「本当はデートでもしちゃいたいところだけど……私、雰囲気に弱いから。でも、息子たちのご飯を作らなきゃならないから帰らないとね」

「そうしましょう」

「今日、ウチで食べていかない？」

「いいんですか？」

「別にいつもの土日と同じでしょ？　あ、でも今日は私が作るわよ。だって非番の進二くんに仕事させるわけにいかないわ」

「そうですか？　それじゃお言葉に甘えて」


夫人宅に着くと、さやか夫人は早速、冷蔵庫の中にあるもので4人分の食事を作り始めた。いつもの習慣で、僕がキッチンに立とうとする。

「今日は私が作るから、進二くんはソファーでテレビでも見てていいのよ」

「そうですか？　なんだか落ち着かないんですけど。でもそうしてみます」

僕は言われた通りに、ソファーに座って夕方のニュース番組を見ることにした。

「こういうのが普通の夫婦なのかもね。私、普通の結婚生活をしたことがないから、ある意味、初体験かも」

「僕も、料理を作ってくれる女性なんていたことがないから、とても不思議な気分です」

「麗那さんがデートごっこって言っていたけど、私たちは夫婦ごっこってところかしら」

「僕はすっかり雇用夫父なんで、自分が普通の夫なんてイメージできないですね」

そして、料理ができたので、開一君と修二君を呼び、4人で食卓を囲んだ。


夕飯の片付けはさすがにふたりでやった。

「ごちそう様でした。美味しかったです」

「お粗末様でした。プロの進二くんに料理を出すなんて恥ずかしかったの。何を言われるかと思ったけど」

「とんでもないです。さやかさんの料理、短時間であり合わせの食材で作ったのに、とても繊細な味が出ていました」

「そう？」

「今日はさやかさんのいつもと違う一面が見られてちょっと新鮮でした。あの店長としゃべっているさやかさんは、とても生き生きとしていて素敵でした。実は社交的なんですか？」

「そんなことないわ。今日はちょっと無理して頑張って喋っていたのよ」

「そうだったんですね」

「久しぶりに人と喋ると疲れるわね。たとえこちらに好意的な人とでも、気を使うから」

「疲れているようには見えませんでしたけど」

「やっぱり家に籠っている方がいいわ」

「わかる気がします」


キングからさやか夫人に2度目の誘いがあったのはその後だった。今度はふたりでホテルのディナーらしい。

僕が車をホテルのエントランスにつけると、ベルボーイがすかさずドアを開ける。さやか夫人が降り際に言う。

「ありがとう。帰りはタクシーにするから、開一と修二の夕飯をよろしくね」

「承知です」

さやか夫人を見届けようと思ったが、後ろに車が詰まっていたので車を走らせた。

さやか夫人宅に戻り夕飯の支度を始めると、修二君が話しかけてくる。

「あれ？　ママは？」

「お父さんとご飯食べてくるって」

「お父さん？　僕、会ったことないんだよね。進二パパは会ったことあるの？」

「この前、一度だけ。立派な感じの人だったよ」

「ふ～ん」

何か違和感を覚えているのかもしれない。ただ、普通に考えて、マダムとキングが夫婦としてディナーをとっていることこそが正常な姿であって、マダムと雇用夫父が関係を持つことが異常なことだ。一体何があるべき姿なのか、特に、マダムにとって何が幸せなのか、わからなくなる。

そして、夜の11時過ぎにさやか夫人は帰ってきた。少し酔っているようだ。

「お疲れ様でした」

「まだ帰っていなかったのね」

「ちょっと気になったので。いろいろと大丈夫でしたか？　あ、すいません。夫婦の関係に雇用夫父が入るなんて」

「いいのよ、別に。久しぶりにふたりで話したかも」

「生活費の件ですか？」

「最大限の努力をしたとかで、4割減と言ってきたわ。そのうち書面で通知するって」

「こちらにとってもギリギリのところですね」

「なんでも本妻は、今回の経営不振の件で随分取り乱してるみたい」

「いかにも本妻ですね」

「2番目の人は冷静らしいんだけど、既に条件闘争モードなんだとか。ニコニコしながら平気で凄い額の手切れ金を要求してくるんだって」

「したたかなんですね」

「私の後の2人は、既にキン活中らしいわ。どこまで本当かわからないけど」

「キン活？」

「そう、次のキングに乗り換えようとしているらしいわ。まだ若いから、そういう選択肢もあるのね」

要は、さやか夫人以外の妻はみな、しっかり者であって決して優しくはない。キングの財政事情は、愛情云々以前にマダムそれぞれにとって死活問題だからだ。一夫多妻の夫の金銭事情が悪くなれば、妻たちはつれなくなり、離れていくのも当然だろう。マダムやその子供を養う財力こそが、キングの存在価値だからだ。そこへきて、キングは、危機感の薄いさやか夫人に癒しを求めているとも思える。何を今更、全く虫のいい話だ。

そういう感情的な部分は別として、これはややこしいことにもなり得る。一夫多妻状態から離婚が続くと、最後に一組の夫婦が残る。この最後の夫婦は、経過措置期間の経過後には、条件付き一夫多妻制度の適用外となるのだ。つまり、普通の一夫一妻状態になるということだ。それは、さやか夫人にとっても、キングにとっても好ましい状況ではないし、もちろん僕にとっても最悪の状況となる。だからキングは少なくとも2人の妻を残しておきたいのだ。そのうちのひとりがさやか夫人ということになるのか。やはり、いい話ではない。

11月の終わりに、麗那さんから連絡があった。ドライブがしたいと言う。

夜8時に麗那さんの自宅近くのコーヒーショップで待ち合わせた。

僕は待ち合わせ時間よりも15分早くコーヒーショップに着いた。僕は麗那さんをすぐに発見できるように、入口の方に向いて座って待つことにした。

待ち合わせ時刻を5分過ぎると、背後から、

「お待たせ。ふたり分のコーヒーを買っておきましたよ」

と言って、シックに決めた麗那さんが目の前に現れた。今日もすぐには麗那さんと認識できなかった。これまではロングヘアだったのが、今日はおしゃれなボブカットになっている。黒のロングタイトスカートにベージュのニット、そして、ブラウンのストールをオシャレに巻いている。

「あれ、来てたんですね」

「実は今日は早く準備ができちゃったんで、ここに1時間くらい前からいたんです。入口に背を向けて、進二さんに気づかれないように座ってました。振り向くと気づかれちゃうと思って、鏡を使って進二さんの様子を観察してたんですよ。進二さんの楽しみにしている、待ち合わせが台無しになっちゃわないように」

「いつもお気遣いをありがとうございます。でも全然気づきませんで。しかし、今日

も完全に妄想外でした。僕は想像力なくてダメですね」

「待ち合わせ作戦、成功ってところですね」

「感動的に大成功ですよ。それに、今日はシックに決まっていてとても素敵です。そのボブ、最高ですね。今までで一番似合っていますよ」

「嬉しい〜、ありがとうございます」

僕らは近くの駐車場まで歩く。

「あの黒のセダンです。今日の麗那さんの雰囲気にも合いそうですね」

「きゃ〜恰好いいかも、私たち」

僕らは車に乗る。

「行先、リクエストしていいですか？」

「もちろん」

「羽田空港に行きたいんですけど」

「承知です」

「ハハハ、その『承知です』って恰好良くていいんですけど、私といる時は『任せろ』とかにしてもらえませんか。なんだか私が命令しちゃってるみたいですよ」

「すいません。職業病ですね」

僕らは羽田空港に向かった。

「それにしても、麗那さんは変幻自在に自分を変えられるんですね。普段の仕事では作業着って感じなのに、最初の海の時はフェミニンな感じで、巨峰の時は恰好いい外国人モデルみたいで、朝靄の散歩の時はほっこりな感じで、今回はシックな感じで」

「毎日違う自分でいたいんです。昨日の自分なんて嫌ですね。だいたい、いつも同じでは体感する情景にインスパイアされませんから」

「さすが芸術家ですね」

「実は、今回は進二さんの情報をちょっと仕入れて、この恰好にしてみたんです」

「僕の情報？」

「今日の恋のライバルは、進二さんよりも少し年上の才色兼備な女性らしいので。その逆で可愛らしくいこうか、それとも同じ方向でバリッと勝負してみようか、ちょっと迷ったんですよ」

「ライバルの年上女性？」

　由美夫人のことを言っているのだろうか。でも何故、麗那さんが由美夫人のことを知っているのだろう。もしかしたら、さやか夫人が入れ知恵したのかもしれない。さやか夫人に由美夫人のことを詳しく話したことはないが、年齢とか、若干の素性を話したことはある。

「それで、その年上のお姉様と同じ方向性にしてみました」

「ちょっと感動しました。今まで僕の気を引くために競争してくれる人なんていませんでしたから。でもたぶん、麗那さんが言うその人、全然ライバルとかそういう対象じゃないと思うんですけど」

「そうなんですか？　私も略奪愛とかしてみたくて」

「意外と肉食なんですね。でも略奪以前に、僕は誰かのものになっていないんですけど」

「いいじゃないですか、疑似体験ですよ。もしかしてこういうの嫌でした？」

「いえ、全然嫌じゃないですけど。そういうパターンが今までなかったので、ちょっと意表を突かれたというか」

僕らは首都高を羽田方面に向かう。

「ところで、どうして羽田空港に行きたいんです？」

「進二さんと最初にドライブした時、羽田空港の近くを通ったの覚えてますか？」

「もちろん、覚えていますよ」

「もう一度、行きたくなっちゃいました。空港の中にも入ってみたいです」

「承知……じゃなくて、任せろ、ですね」

「その感じです！」


僕らは羽田空港のターミナルに着くと、ハンバーガーショップでアップルパイを買い、屋上の展望デッキに出る。僕らは展望デッキのベンチに座ってそれを食べる。

「ちょっと寒くてすいません。でも逆に穴場かと」

「アップルパイが温かいから大丈夫です。それにしても、ここ素敵ですね。飛行機をこんなに間近で見るの久しぶりかも」

「麗那さんは旅行とかしないんですか？」

「全然行かないですね。仕事が忙しくて」

「売れているんですね」

「そういうことにしておきましょうか。進二さんは旅行しないんですか？」

「僕も全然ですね。雇われパパって連休が取りにくいんですよ」

「よかったです。空港なんて飽きたよって言われたらどうしようかと思いました」

食べ終わると、僕らはウッドデッキを歩く。ウッドデッキには多数のＬＥＤが行列状に埋め込まれている。麗那さんが目を輝かせる。

「とても幻想的ですね」

麗那さんは、両手を拡げてバランスを取りながら、そのLEDの上に歩を合わせて直線を歩く。これは、早くその片手を僕に握ってほしいということか？　僕は麗那さんの右手を下から握った。麗那さんは、僕の方を見ると靨をへこませてにっこり微笑む。

「嬉しいです。素敵な景色の中を、こうして手を取ってもらって歩くなんて」

「僕でよければ」

「進二さん、その年上の素敵な方と手をつなぐことあるんですか？」

「誰のことを言っているのかわかりませんけど、あるわけないじゃないですか」

「私の勝ちですね」

「僕もごっこしましょうか。麗那さんは、そのナイスガイ君と手をつなぐことあるんですか？」

「誰のこと言っているのかわかりませんけど、手ぐらいつないじゃいます～」

僕は、麗那さんの手をぐいっと引っ張り、こちら側にバランスを崩させて腰に手をまわした。麗那さんはその細い体を僕に預けながら僕の腰に手をまわしてくる。

「それじゃ麗那さんは、そのナイスガイ君とこうして腰に手をまわし合っちゃうなんてことあるんですか？」

「誰のこと言っているのかわかりませんけど、腰に手をまわすくらいやっちゃってま～す、って冗談ですよ。その進二さんの言うナイスガイ君て、どんな人なんですか？」

「さぁ。話の流れ上の人物ですけど」

「ちょっとは嫉妬してくれました？」

「ううん、多少は」

麗那さんは僕の前にまわり、僕の顔を覗き込む。

「今となっては、私の最大のライバルはさやかさんですね」

「え？　もうやめましょうよ、さっきからわけがわかりませんよ」

「否定しないんですね」

「いや全体的にちょっと違うんですけど」

「ちょっと違うって？」

「それは……」

「もういいです。私はやっぱりデートはごっこで」

僕は何も言えなかった。麗那さんは少しうつむく。

「進二さん、面倒臭い女って嫌いですか？」

「ちょっと面倒臭いくらいは、可愛い範疇だと思いますけど」

「それじゃ泣いてもいいですか？」

「え？」

麗那さんは既に泣いていた。涙が頬を伝っていく。麗那さんは僕の胸に顔を埋める。

僕には麗那さんをただ抱擁してなだめることしかできない。

「麗那さん、どうしたんですか？」

「ごめんなさい。何も聞かないでください……今日はちょっと感情が高ぶっちゃって……」

麗那さんが泣き止むまで、僕は麗那さんを抱擁し続けた。

そして、僕らは無言のまま駐車場に戻る。そんなわけで、自由が丘の麗那さんの家に帰る流れとなった。


帰りの車の中で、麗那さんは少しずつ落ち着きを取り戻し、いつもの麗那さんに戻ってきた。

車を麗那さんのアパートの前に停める。

「今日は本当にごめんなさい。私から誘ったのに」

「別にいいですよ。僕は、麗那さんを嫌いになったことなんて一瞬たりともありません。それよりも、僕は麗那さんのような素敵な女性に泣かれたことなんてないし、いろいろと気が利いてなかったかもしれませんね。お許しを」

「そんな。進二さんが謝ることじゃありません」

「でも麗那さんを泣かせたのは僕にも原因があるみたいだから」

「そんなことありません。でもデートごっこも大変ですよね～」

麗那さんは僕に向かって微笑む。

「本当にありがとうございました。おやすみなさい」

と言って車を降りていった。

Ⅷ

２０５０年、３月が終わろうとしている。今日も由美夫人宅に行く。

夕飯の支度をしていると、由美夫人がやってきた。

「そうそう、もうすぐ10周年ね、進二くんがウチに来てくれてから」

「そうですね。今度の５月で10年です」

「今度、10周年記念で飲みにでも行かない？」

「いいですね」

「代行の雇われパパの都合がつくか、エージェントの山本さんに聞いてみるわ」

由美夫人とは家の中で飲むことはたまにある。キングがもらい物のワインを置いていくことがある。キングは飲めないから、代わりに我々が飲むのだ。しかし、由美夫人と外で飲むのは初めてだ。

当日、表参道にあるバーで待ち合わせた。僕が先に着き、カウンターで先に飲んでいると、由美夫人が入ってきた。レース柄の紺色のタイトスカートと白いカーディガンをさりげなく着こなしている。女性が街に出るというのはそういうことなのだろうが、しっかり濃いめの化粧をして幾らか立派なイヤリングとネックレスをしている。もちろん、そういう由美夫人を見ることはある。僕が留守番役で、由美夫人が外出するときだ。由美夫人には多くのママ友がいるから、そういう外出が必然的に多くなるのだ。それでも、そういう由美夫人を見るのは、「行ってきます」と言って出ていく直前と、「ただいま」と言って帰ってきた直後の状況だけだ。それが今日は、そういう由美夫人が僕の隣にずっといるということだ。

由美夫人の注文したカクテルがくると乾杯した。

「10年間本当にありがとう。この10年間、進二くんなしではあり得なかったわ」

「こちらこそ、仕事とはいえ、由美さんとご一緒できてよかったです」

「今でも思い出すわ。進二くんの格闘シーン」

「ああ、そんなことがありましたね。変なセールスマン相手に。でも実際に戦ったのは、あれが最初で最後でした」

注文した料理がくると、由美夫人が真顔で話し始める。

「実はね、今度ハワイに行くの」

『『実はね』といって話し始めるということは、1週間や2週間ではないということですね」

「永住しようと思うの。今、その手はずが進んでいて」

予想外な話に僕は言葉を失った。以前に由美夫人が、「ひとりで頑張ることも今後必要になるかもしれないし」と言っていた意味が今になってわかってきたような気がする。

「私ね、日本の教育のシステムっていうか慣習というか、どうしても好きになれないの。確かに、努力した人が学歴を得て上に行くというのは賛成できるし、学歴社会自体は悪くないと思うんだけど、本当にそれしかないのかなって」

「それは、随分昔からそうだったみたいだから、今後も変わらないでしょうね」

「今も長女が中学受験のために塾に通っているけど、それを下の4人にもやらせるのかと思うと、考えちゃうのよね」

「確かに5人分はうんざりですね」

「ホントに」

「そのハワイに行くっていうの、キングは何て言っているんですか?」

「賛成してくれてるわ。『俺もハワイに事業展開しようかな』とも言ってるわ」

「でもキングは毎週ちゃんとお子さんたちにも会いに来ているわけだし、寂しがってませんか？」

「そうね。事業展開はともかくとして、現実的な話として、半年に1回くらい会えればいいかなって」

「忙しそうですからね。僕も寂しいですけど」

「そう、それでね、ずっと言おうと思っていたんだけど、進二くんも一緒に来ないかなと思って」

「一緒に行っていいんですか？　もちろん一緒に行きたいですけど、ハワイとなると現実的にどうかと……」

「あちらでは現地の世話人みたいな人は手配できそうなの。だから生活で路頭に迷うことはないんだけど、でも信頼できる人が近くにいてくれると嬉しいなって思って。進二くんとなら楽しくやっていけそうだし。子供たちもきっと喜ぶわ。ゲストルームもあるような広い家に住むことになるから、仮に来てくれたとして、手頃なアパートが見つかるまでウチに居候してくれてもいいし」

「でも、ちょっとびっくりですね」

「あ、もちろん、今すぐ答えてなんて言わないわ。進二くんには進二くんの生活や人生があるんだし」

「いつからハワイに行くんですか？」

「それがトントン拍子で話が進んでいて、ゴールデンウイーク明けになるの。旦那が、知り合いの伝でちょうどいい家を押さえてくれていて」

「急ですね」

「ごめんなさいね。もう少し前から話しておけばよかったわね。でもなかなか言い出しにくくてというのもあって。でもそういうことなの。だからちょっと考えてみてくれる？」

「承知です」

「ごめんね、何だか深刻な話のために呼び出しちゃったみたいで。ちょっと重いわね。せっかく進二くんとふたりでお酒飲むんだし、もっと楽しいこと話そうか」

その後はハワイの話には触れず、別の話で盛り上がった。

由美夫人は、いつもよりもよく笑うし、楽しそうに話す。その笑い顔は無邪気な少女の表情にさえ見える。今日の由美夫人は、いつも見ている5児の母ではなく、完全に街中のひとりの綺麗な女性だ。僕らも傍目には、契約上の仲ではなく、普通の同年代の男女に見えるだろう。いつもの癖で僕が料理を小皿に分けようとすると、「たまには私がやってあげる」と言って由美夫人がそれをやる。些細なことだが女性にこういうことをされるのは初めてかもしれないし、触れそうなくらいに隣に座っている由美夫人がそうしてくれるのがとても新鮮だ。料理を小皿に分ける由美夫人の横顔をちらっと見ると、由美夫人はうつむき加減になってはにかみながら、

「こっち見ないで、恥ずかしいじゃない」

「そうですか？」

「改めて見られると緊張するわ」

それはこちらもだ。


結局、11時まで飲んだ。店を出るとタクシーを拾い、由美夫人を代々木上原の自宅まで送る。今日の由美夫人はとても綺麗だ。そんな由美夫人とタクシーにふたりで乗っている状況も何だか刺激的だ。

今まで10年近く一緒にいたが、その間に、由美夫人は2子目から5子目までを産んでいる。妊娠中でつわりに苦しんでいたり、お腹が大きかったり、産後で疲れていたりする由美夫人を随分と見てきた。だから、僕は由美夫人を女として見ることはなかった。それでも5子目を産んでからこの2年というものは、由美夫人も少しずつ余裕

を取り戻しているように見える。そして、今更になって、明らかに由美夫人に女を感じている自分がいるのも事実だ。

由美夫人宅に着くと、代行の雇用夫父と一応引き継ぎらしきことをする。臨時で来ていたのは、30歳過ぎの新人雇用夫父だった。10年前の自分を見ているようだ。5人の子供はもう寝たとのことだった。

「先輩は下北沢でしたよね。僕、車で来てるんで送っていきますよ」

「サンキュー、それじゃそうしてもらおうかな」

由美夫人宅を後にすると、車中で話す。

「いや〜5人も子供がいる家庭は初めてでしたよ。先輩はいつも大変ですね」

「慣れたもんだな。僕はいきなり5人の子供の家庭に来たわけじゃなくて、子供が1人の時からの契約だから。2年ごとに子供が増えてってさ」

「長期契約で安定してていいですね」

「それが微妙な状況でさ。あの人、海外に行っちゃうかもしれないんだよ。最近は契約取るのは難しいの？」

「仕事自体はありますけど、長期の安定的な契約を結ぶのは難しいですね。それに、あの変な格安エージェントのせいで価格破壊しちゃった流れもありますし」

「10年前は、言い値で引っ張りだこだったけどな」

「いいっすね。僕的にはやっぱり将来不安だし、違うビジネスも考えなきゃいけませんね」

「僕の同期でもそういう人いるなぁ」

Ⅸ

久しぶりに大和田と飲みに行った。大和田は、当初からの会社に今でも勤めている。乾杯すると、大和田が開口一番に報告してくれた。

「今度オレ、結婚するんだ」

「おお、それはおめでとう。相手は？」

「会社の後輩だよ。進二が辞めた直後に入社してきた娘でさ、数年前から付き合っているんだ」

「凄いじゃないか。知ってるか、今どきの男の未婚率を」

「いや知らない」

「35歳から40歳では70パーセント、全体では60パーセントに達したんだぞ。つまり、4割の男しか結婚しないから、大和田は少数派なんだよ」

「そんな数字、よく知ってるな」

「職業柄な」

「そうか、さすが雇用夫父だな」

「それに、男の生涯未婚率って、昭和時代の終わりでは5パーセント未満だったのが、平成の終わりには30パーセントくらいになって、そして今や60パーセントだろ。大和田は時代の流れに対抗して、何だか選ばれし者にさえ見えるよ」

「ちょっと待った。下から5パーセントって偏差値にすると30幾つだぞ。いろんな意味で偏差値30幾つの男が結婚できたってことか、幾つか前の時代には」

「でもその偏差値でいうところの上の方では、〈三高男子〉とかいうのが条件だったらしい」

「〈三高〉？」

「高学歴、高収入、高身長だよ」

「その高学歴とか高身長とかはステータスやルックスってことなんだろうけど、高収入って幾らのことを言っていたんだ？」

「年収1千万円くらいだったらしい」

「随分中途半端な額だな。今どき、その2倍のところと、その半分のところにボリュームゾーンがあるだろ。もちろん俺は下のゾーンだけどな」

「それで、その後に景気が悪くなったら今度は〈四低男子〉とかいうのが流行ったらしい」

「何それ？」

「低姿勢、低リスク、低依存、低消費だったかな」

「おい、それで生きていけるのか？　何が嬉しいんだ？」

「ほとんど冬眠するかの如く生きていくということだろう」

「生きていくのがやっとということか。そりゃ個体数が減るわな。だいたいさ、一夫一妻とか一夫多妻とかに無理があるんだよ。霊長類としてさ」

「はぁ？」

「猿の世界では、一夫一妻ってリスザルくらいだし、一夫多妻もゴリラだけなんだよ。逆に、チンパンジーとかニホンザルとか、ほとんどの霊長類が乱婚だからさ」

「原始人って乱婚だったのかな？」

「それはわかっていないんだけど、俺は乱婚だったと思うな。人間の雄って、モノの先に返しが付いているだろ。どうしてあんな形しているか知っているか？」

「雌の快感を増すためとか」

「結果としてそれもあるかもしれないけど、そこは本質じゃないな。精子って雌の中で何日間か生き続けるだろ。先にやった雄の精子を後から来た雄が掻き出しつつ自分のものを注入するためにあの形をしているんだとよ。生物学の教科書によると」

「教科書には書いていないだろうけど、つまりは、乱婚が前提の体の構造ってわけか」

「俺はそうだと思う。何百万年前の太古の昔から遺伝子に刻み込まれている生存本能に比べたら、ほんの千年、２千年の文明によって築かれた価値観なんて、砂上の楼閣にすらならねえ。要は、夫婦の形がどうってんじゃなくて、もっと本能的な面から攻めていかないと少子化なんて解決できるわけないだろう。結局、男はイイ女に発情して、女はイイ男に発情するんだから」


料理がくると、大和田がニヤニヤしながら話す。

「全然話は変わるんだけど、彩ちゃんと連絡がついたんだよ」

「彩ちゃん？　なんで今更、大和田が」

「世間は狭いってやつだな。俺の彼女の友達の友達の友達くらいのところに彩ちゃんがいたんだよ」

「彼女の友達の友達の友達って、それは世間が狭いんじゃなくて、大和田の情報収集網が発達しすぎだということだろ」

「そういう見方もあるな。で、彩ちゃんとは簡単なやり取りしかしてないから詳しいことはわからないけど、名前は佐藤彩のままだから、独身なんだと思う」

「佐藤さんていう人と結婚していたっていうオチじゃないよな」

「違うと思うな。ダメ元で声をかけてみようか」

大和田が連絡を打つ。

〈いま新宿で進二と飲んでいます。彩ちゃんは今どこで何をしている人なんですか？そんな話も含めて久しぶりに話したいですね。可能であれば、仕事帰りにちょっと寄っていきませんか。いや是非会いたいな。待ってるぜ！〉

「来るかな」

「突然だし、そもそも東京近辺にいるかもわからないし、期待薄だが返事くらいくれるだろ」

大和田が真顔になる。

「そうそう、それで彩ちゃんが来るかもしれないとして、その前に話しておきたいんだけど、単刀直入に聞いちゃうと、進二は結婚する気ないのか？現実問題として、文明的に生きていくという前提になるけど」

「無理だね、この状況。雇用夫父で結婚した人の話って聞いたことないよ。離婚しそうな人の話は聞いたけど」

「結婚しないまでも、いい話ないのか？　そういう恋心を失ったら雄じゃないぜ。それを理性でコントロールするのが、雄が進化した男なんだろうけど」

「大和田が理性とか言うか」

「そう言うなって、俺だって我慢して本能を封印しつつ現代社会に順応しているんだから。でもさ、結婚なんて一つの形式にすぎないわけで、要は男として好きな女と生活や人生をともにできればいいわけだろ？」

「それがいろいろと複雑でな」

僕は、由美夫人のこと、さやか夫人のこと、由美夫人のハワイ行きに誘われていること、さやか夫人とは男女関係が継続していることなどを大和田に話した。

「確かに難しい状況だな。その由美さんって人、進二と週5日も朝から晩まで顔を合わせながら10年間も楽しくやってきたんだから、相性がいいんだよ」

「俺もそう思う」

「俺は、進二がその由美さんを押し倒すのは時間の問題だと思うな。逆に、今までそうならなかったのが不思議だよ。これは俺がそういう男だから言うんじゃなくて、普通の男ならそうだろという意味で」

「今まで妊婦姿を随分見てきたし、さすがにそういう気になれないだろ。だって5児の母だぜ」

「いや、今までじゃなくてこれからの問題だよ。だいたい進二は、その『5児の母』ってところで、自分に無理やりブレーキをかけようとしているだろ。でも進二の目に映っているのは完全にひとりの女だぜ」

「正直、自信がないな。変な気を起こさずにいる自信が」

「だろ。ハワイに行ったら、開放的な雰囲気にも誘われて、確実にそういう関係になるぞ」

「俺が求めてあちらが拒絶したら、それこそ地獄だな。ただ、あちらがそんなことまで考えているかどうか」

「当然に考えてるだろ、40歳過ぎにもなって。特殊な家庭環境の人とはいえ」

「それは、俺を男として受け入れる用意があるっていうこと？　そんな感じは全然ないけどな」

ジョッキビールを飲みかけていた大和田が、タブレットを二度見する。

「おい、彩ちゃんから返事が来たぞ」

大和田がタブレットの画面を僕に見せる。

〔お誘いありがとうございます。今、大手町にいます。ちょっと寄っていっちゃおうかな。お店を教えてください〕

大和田はすかさず返信を打つと顔を上げる。

「しかし声をかけてみるもんだな。進二が最後に会ったのはいつだ？」

「9年前だな」

「俺は10何年前か？　ちょっと緊張してきた。トイレ行ってくる」

大和田が戻ってくる。

「なぁ進二、俺が聞きたかったのは、お前、普通の女の子とデートすることないのかってことだよ。そういうマダムとかじゃなくて、普通の独身の娘とさ」

「なくもないけど、意味のあるものにならないな」

「デートに意味があるとかないとかってあるのか？」

僕は大和田に麗那さんのことを話した。

「おい、それはもったいないな。その麗那さんていう人の言うところのデートの真似事とか彼氏持ちの疑似体験とかいうのは、ただの防御線のようなものだろ。結婚を焦っているように見せたくないとか、いきなり進二を本気にさせないためのさ。いや逆に、時が来れば進二には本気になってほしいというポーズだったんじゃないのか？　進二さえその気になっていれば……」

「確かに彼女は美人だし、スタイルもいいし、お洒落だし、それでいて性格も素直で可愛い。しかも、こんな俺に対して好意さえ抱いていたとも思うが……。でも、俺に麗那さんを好きになる資格があるのかなって」

「進二には雇用夫父という最強の国家資格があるのに、ひとりの独身女性を好きになる資格すらないというのか？　資格とかじゃなくてハートの部分として、好きではなかったのか？」

「好きにならないように努力をしていたかもしれないな」

「未練はないのか？」

「ないと言えば嘘になるな……麗那さんはとても素敵だったし、もっと麗那さんのことを知りたかったかな。でも、躊躇してしまったということだ」

「さやかさんて人のことを気にしてのことか」

「そうだな。俺は、さやか夫人とは、子供の不在時にはそれをいいことに抱き合っているし、それでいて最近では由美夫人にも女を感じている。そんな俺と付き合って、麗那さんに明るい将来があるとは思えない」

「ただ、進二の状況は特殊だぜ。浮気性とか、女好きとかいうのとはわけが違うだろ」

「いや、その特殊な状況こそが、雇用夫父である俺の実態ということだよ。だから、前に進めないいんだよ。結局、麗那さんとタメ口で話すことはできず、ましてや名前を呼び捨てにすることもなかった。その後は麗那さんには連絡取っていないし、あちらからも連絡はもうない」

「結局、さやかさんに行きつくわけか。そのさやかさんのこと、進二は放っておけないと思っているだろうけど、女って意外とあっさりしてるっていうか、強いというか、切り替え早いから、お前がいなくなっても結構平気な気がするけどな」

「彼女は孤独で繊細なところがあるんだよ」

「人は皆、孤独さ。それに人は皆、繊細さ。俺だってこう見えても些細なことに傷つくことあるぜ」

「大和田が?」

「それともうひとつ、ある意味で切実な問題として、そのさやかさんが女でいられるのもそう長くないぞ。つまりさ、あと数年で閉経して、50代半ばにもなれば性欲なんてなくなるから」

「お前、詳しいな」

「悪いな、こんなえげつない話を。でも俺も本能の男だからさ、彼女といつまでやれるんだろうかって考えてみたことがあるんだよ。それで、男は結構年食っても性欲湧くけど、女ってのは、そういうのが過ぎたら性行為なんて苦痛にしかならないらしいからな。個人差はあるけどな」

「でも大和田の彼女は若いんだろ。そんな心配する必要あるか？」

「いや心配というか、一度気になりだすと一定の結論が出るまで突き詰めなきゃ気が済まない性分だからさ。でな、彼女は俺より７歳若いから、俺は60代半ばまではＯＫというわけよ。それが進二の話だと、相手が10歳上だから、進二は40代半ばで終わってしまうってことだろ。進二がそういうことを求めるのであれば、あと何年もないぞということだよ」

　大和田は、ビールを飲み干すと真顔に戻って言った。

「そんな下世話な話はともかくとして。結局、話を聞く限りでは、進二は２人のことを必要としているようだけど、当の２人は進二がいなくても何とかなる。そんな気がするな」

「安心したような、切ないような、だな」

ほどなくして、彩が現れた。今日は白いスーツをバリッと着こなしている。昔と変わらず、幾つになっても可愛らしい表情とスタイリッシュな雰囲気を維持している。

僕らは「久しぶり」という挨拶とともに、3人分のビールを注文して改めて乾杯する。大和田が彩に聞く。

「彩ちゃんは、その後どこの会社にいるの?」

「最初に転職した会社にずっといるわ。若い子がすぐに辞めていっちゃうから、気づいてみると古株ね。何だか偉いんだか偉くないんだか、微妙なポジションなんだけど」

彩が続ける。

「大和田くんはずっと勤め続けているのよね、私たちがいた会社に」

「ああ、逃げ遅れた」

「進二くんも雇用夫父を続けてるの?」

「もう俺にはその道しかないからね。気づいてみると俺もベテランの域だな」

「なんだか、みんなして後ろ向きね」

「でも逆に、俺らの年頃で前向きに張り切っている奴の方が、何だか胡散臭くて信用できないけどな」

大和田が続ける。

「ところで、彩ちゃんは独身ということでいいんだよね。もしかしてバツイチとか？」

「独身だけどバツイチじゃないわ。下手したらバツイチになっていたかもしれないけど」

「それでゴメン、大和田には軽く話しちゃったんだけど、彩ちゃんが昔話していた例の経営者のこと」

「別にいいわよ。その後ね、その彼と連絡がつきにくくなって、どうしたのかと思ったら、その会社は傾いていたのよ。メールも電話もほとんどつながらなくなって、結局そういうことだったのかなって。ありがちな話だって笑ってくれていいわ」

「その会社に俺の知り合いがいるんだよ、進二には前に話したよな。その知り合いから聞くところによると、その社長は、その後に雲隠れしたらしい。その俺の知り合いはその直後に辞めたから、その後の詳しい話は知らないらしいけど、最終的には民事再生法の適用を受けて経営者が代わったんだな。一部の側近を除いて、その後にその元社長の顔を見た者はいないらしい。夜逃げでもしたのかな」

「結局その程度だったってことね。私も甘かったわ」

「彩ちゃんは、それがトラウマになってて、今でも独身なの？」

「そういうわけじゃないけど、普通に相手がいないのよ」

「しかし、彩ちゃんくらいの女の子に相手がいないって、世の中どうかしてるよな。さっきの話に出てきた麗那さんにしてもさ。やっぱり一夫多妻制しかないのか？　現場の進二はどう思うよ」

「現場は意外と世界が狭くて、世の中一般がどうなっているのかは、よくわからないけど。彩ちゃんに言い寄ってくる男っていないわけ？」

「全然」

「雇われパパの自分を棚に上げて言うと、男どもは、どこにいてどこを見ているんだ？」

「男以前に雄がいない感じだな」

「大和田は結局そこか」

　その後、大和田の結婚の話で盛り上がったが、皆それぞれの仕事があるので10時過ぎに切り上げた。

大和田は京王線で帰り、彩と僕は小田急線で帰る。僕は下北沢まで、彩は経堂まで乗ることになる。

「大和田くんは、幾つになっても若々しくていいわね」

「彩ちゃんだって」

「そう？　でも外見なんてどうにでもなるわ、今どきのテクノロジーを使えばね。大和田くんは心が若いのよ」

「確かに、アイツは何だか未だに進化し続けている感じだよね」

「そうそう、ずっとお礼が言いたかったんだけど、進二くん、本当にありがとうね、あの時は。相談に乗ってもらって」

「いや、結局何も力になれなかったような気がするんだけど。むしろ悩みを増長させてしまったような……」

「そんなことないわ。新しい視点というか、考えるきっかけというか、示唆に富んでいたと思うの」

「そう？　そうは思えなかったけど、でもそれならよかった」

「あの時、進二くんが『賛成、俺が雇われパパやってやるよ』とか言っていたら、私もそのまま突っ走っちゃったかもしれないし」

「あの時、彩ちゃんも迷っていたし、自分で思いとどまったような気もするけどな」

「そうかしら」

「で、俺も、お礼を言いたいんだけど」

「お礼？　何のこと？」

「お互いに会社にいた頃、多摩川を歩いたの覚えている？」

「多摩川？」

「そう、多摩川の土手を」

「誰が？」

「だから我々が。二子玉川で研修があったでしょ。研修の後の夕方に二子玉《にこたま》から和泉多摩川駅まで。俺たち当時も小田急線沿線に住んでたから」

「それって遠くない？　そんなに歩けないわ」

「いや5キロくらいだから歩けたんだって」

「その研修は覚えていなくもないけど」

「もう20年くらい前の話だからね。でも、あの研修の講師がお笑いな感じで面白かったのは覚えている？」

「覚えてるかも！」

「年配のおじさんでさ、絶妙なタイミングでくしゃみしたり、水を噴き出したりして、地で昭和時代のコントやってるみたいな」

「そうそう、それそれ」

「あの人まだ生きてるかな」

「長生きしそうだけど」

電車が下北沢に着いた。僕らは、またねと簡単に挨拶をして別れた。

X

条件付き一夫多妻制度と雇用夫父制度が施行されてから10年余りが過ぎた。この制度も大きな転換期を迎えようとしている。

この10年、結局、出生数も出生率も下がり続けている。ただ、政府与党の言い分は、

「合計特殊出生率の下げ幅は確実に縮まっているから、そろそろ下げ止まるはずだ。制度浸透には時間を要するから継続してこそ意味がある」

というものだ。これに対して野党の言い分は、

「出生数が下がっていることには変わりない。この制度は無意味だという結果はこの10年で明白に出ている。制度廃止なら今しかない」

というものだった。これに対して与党は、

「我々が言っているのは合計特殊出生率の推移だ」

と言えば、野党は、

「いやいや重要なのは割合とか変化とかじゃなくて現時点での絶対数だ」

と返す。もう何が正しいのか、わけがわからない泥仕合であるが、要は、少子化はあまり抑制されていないということだ。当初、この制度の導入時には超党的に議論されたはずのものが、今となってはすっかり政治の具になっている。この制度の存続の可否は国を創るうえで重要な問題だと思うのだが、所詮そんなものだ。

こうして今回の衆議院議員選挙では、条件付き一夫多妻制度の存続か廃止かが争点の一つとなった。ただ、この問題、政治家や識者と一般市民との間で若干の温度差があった。結局、その他大勢の一般市民には、あまり縁がない話でもあるからだ。こうしてこの制度が政府の期待ほど浸透せず、出生数や出生率に大きな回復の兆候が見られないところを考えると、野党の言い分が正しいようにも見える。それでも僕は、雇用夫父の立場として、制度継続を主張する与党に投票するしかない。

こうして、今回の選挙は、僕にしては珍しく関心のあるものとなった。だから、いつもの選挙以上に候補者の演説がうるさいながらも耳に入ってくるし、イメージには騙されまいと思いつつも候補者ポスターに目が行く。しかし、この候補者たち、与党であれ、野党であれ、皆口をそろえて「子供たちのために！」と声高に叫んでいるが、僕に言わせれば最も子供たちに真似してほしくない人種のような気もする。彼らは基本的に謝らない……それが仕事とはいえ。そして謝った人間を決して許そうとしない。

悪いことをしたら素直に謝り、謝られたら可能な限り許してやるのが人として基本だろうと思うが、彼らはそうではない。だから、それが仕事だとわかっていない子供たちには見習ってほしくない気がする。ただ、子供を持つこともないであろう僕に、そういうことを言う資格があるのかも疑問であるが。

そして、選挙が終わった。期待に反して野党が勝利し、政権が交代した。

その後の国会では公約通り、条件付き一夫多妻制度と雇用夫父制度の廃止が可決された。両制度が廃止されたからといって、キング、マダム、その子供、雇用夫父のそれぞれの生活が激変するものではない。既得権は守られるからだ。ただ、今後の新たな一夫多妻は認められなくなり、雇用夫父の選抜試験も前回の試験が最後となった。現時点で契約のない雇用夫父は、今後新たに仕事を見つけるのは厳しくなるだろう。雇用夫父にとっては、もちろん明るい話ではない。

制度の廃止よりも重大な問題が起こった。さやか夫人のキングが経営する会社が、ついに経営破綻してしまったのだ。

僕は、すぐにさやか夫人宅を訪ねた。

「一夫多妻保険に入っていますよね」

「入っているわ。証書はこれなの。でもどうしたらいいのかしら」

「保険会社とのやり取りは、僕が代行しますよ。だから安心してください」

「助かるわ」

以前、山本さんのエージェントのクライアントの関係で、仲間の雇用夫父とともにこの手の手続に追われたことがある。それもあって僕はこういう手続には比較的慣れている。

「保険の内容を見る限り、婚姻期間が10年以上ありますので、保証内容は十分のようですね。当面の暮らしに困ることはなさそうです」

「それは一安心ね。でも、もう進二くんを雇えなくなるってこと？」

「それには難しい問題があって。さやかさんとキングが婚姻状態にあれば契約は有効です。報酬をどうするかだけの問題ですし、国の補助金も幾らか当てにできます。政権が代わっても既得権は守られますから」

「そうなのね」

「ただ、離婚となると、契約自体が成立しなくなります。つまり、キングのお金や国からの補助金が出なくなります」

「私、あまり難しいこと考えて生きてこなかったから、どうしたらいいかわからないわ」
「僕も考えますよ」
「私も自分で少し考えなきゃね」

現実問題として、事の成り行きによっては、僕は平日の由美夫人との契約と休日のさやか夫人との契約の両方を同時に失おうとしている。いや、失う可能性が極めて高い。僕はこの10年というもの、独り身で働き通しだったから貯金は結構ある。それでも収入なくして余生をしのげるほどの財があるわけではない。

仕事があるかどうかも含めて、エージェントの山本さんに相談してみた。
「進二君がハワイに行かずに日本に残ったとして、仕事はあるよ。雇用夫父の絶対数が幾ら増えても、一定のレベル以上の者となると、やはりそれほど多いわけでもない。それは10年前も今も、そして制度が廃止されても同じだね。だから進二君のようなベテランでいてそれほど歳を取っていない雇用夫父なら引く手あまただろうし、僕だって喜んでマダムを紹介できるよ」

「それはありがたいです」

「それに、マダムとの契約にこだわらないのであれば、ウチのエージェントの経営を手伝ってもらってもいいよ。制度が廃止されても、仕事はたくさんあってね」

「そんなにあるんですか？」

「今回のさやかマダムの件のように、契約解除だの保険手続だのは結構あるんじゃないかな。こういうのを滞りなくやるのって結構大変だからさ。それに、この一夫多妻について各方面から講演だの学会発表だの頼まれていて、その手の研究会の理事やってくれとまで言われていてね。ところで、進二君は英語得意？」

「いえ、あまり」

「っていうのは、最近は海外のメディアからも問い合わせが多くて、そっちの対応も忙しくてね。一夫多妻制って中東やアフリカではあるんだけど、近代の先進国では日本だけだったからね。ただ日本でもサンプルがちょっと少ない気がするんだけど。いずれにしてもなんやかんやで忙しいから食ってはいけるということさ」

「いろいろとありがとうございます。もう少し考えてみます」

XI

ゴールデンウイークが明けた。

今日は由美夫人宅で最後の日だ。明日、由美夫人一家はハワイに発つ。この2週間ほどは引越しの準備で大忙しだった。このマンションはキングの所有物だから、退去日に部屋を空にしなければならないわけではないが、それでも大家族の6LDKの整理や掃除はただ事ではない。

僕は日本に残ることにした。これに関して、由美夫人は全く嫌な顔をしなかった。むしろ、無理な考え事をさせちゃってごめんなさいという感じだった。だからこうして、出発前日まで僕は由美夫人とは楽しく過ごしている。引越し準備は、夜の12時までかかった。全部終わったわけではないが、残りは僕が何とかして、必要なものがあれば後日郵送するということになった。

「10年間、ありがとう」

「こちらこそ、由美さんには本当に良くしてもらって、ありがとうございました」

「本当は子供たちとそろってお礼したいところなのだけど」

5人の子供たちは既に、成田空港近くのホテルに泊まっているとのことだった。来日している現地世話人が子供たちを預かっていて、由美夫人もこの後にタクシーでホテルに向かうらしい。

「何だか10年間の最後の日なのに、バタバタでごめんなさいね」

「お気遣いなく、明日は何時のフライトでしたっけ？」

「午後2時だけど。いいのよ、見送りになんて来てくれなくて」

「でも、みんなの荷物とかもあるし、付き添いがいた方がよくありませんか？」

「一応、明日は、現地世話人のブラウンさんもいるから。だから何とかなると思うから、見送りは都合がついたらでいいわ」

「承知です。……あ、車の音。タクシーが来たみたいです」

湿っぽい最終日にするのも好かなかったので、ちょうどよい終わり方だ。もう少し正確に言うと、夜にふたりきりでマンションの一室にいる状況で、自分をコントロールする自信がなかったというのもある。由美夫人がそういうことを望んでいるわけがないのだが、正直、この数時間、僕にとってはある意味地獄だった。

翌日、僕は成田空港に着くと、由美夫人の一家を探す。5人も子供がいるから見つけるのは簡単だろう。

やはりすぐに見つけることができた。由美夫人も僕にすぐに気づいたようだ。

「ありがとう。見送りに来てくれて」

「当然ですよ」

「こちらがブラウンさん」

子供たちは既にブラウンさんに懐いているようだ。僕は軽く挨拶をした。ブラウンさんも40歳前後のようだ。外見は完全に白人女性だが、ナチュラルな日本語を話す。バイリンガルということだ、これなら由美夫人も安心だろう。僕らは、レストランで軽食をとり、出発までの時間を潰した。

時間がきたので僕らは出国審査のゲートに向かう。由美夫人がブラウンさんに言う。

「私、ちょっと進二くんと話してから行きますから、子供たちを連れて先に入っててください。私もすぐに行きますから」

3子目の次男が言う。

「進二パパは行かないの？」

「ごめんね、僕は一緒に行けないんだ」

すると、4子目の次女が言う。

「じゃぁ別の飛行機で行くの？」

「その飛行機、飛べないんだって」

できればこういうくだらない嘘はつきたくないが……。

ブラウンさんが子供5人を連れて出国審査のゲートに入っていった。ゲートに入る時に1子目の長女と2子目の長男が振り返って僕に手を振る。僕も手を振り返した。

長女とも、由美夫人とともに10年間もの付き合いだったことになる。


僕は由美夫人に何と言ったらいいんだろう。

「進二くん、本当にありがとう」

「こちらこそ、本当にお世話になりました」

「お世話なんて言い方やめて。でも、あちらの生活になじめなくてやっぱりこっちに戻ってきちゃったら、また契約してね」

「もちろんです。待ってます、とか言っちゃいけませんね」

「時々連絡取ろうね。ハワイに遊びに来たらウチに泊まっていいからね」

「そうさせてもらいます」

出国審査の行列がなくなろうとしている。

「もう行かなきゃ」

「由美さん、抱きしめていいですか」

僕は由美夫人を抱きしめた。

「由美さん、最近とても綺麗です」

「ありがとう。とても嬉しいわ」

「これ以上長く、近くにいない方がいいのかもしれません。一緒に行けなくて残念ですけど、いつまでも素敵な由美さんでいてください」

「頑張るわ」

「それでは、お元気で」

「仕事頑張ってね、さようなら」

そして、由美夫人は出国審査のゲートに消えていった。

10年間も仲良くやってきたのだ。異性としても、もうしばらくは傍にいたい人だった。涙が出る。

もちろん、他にも選択肢はあった。由美夫人と同時にハワイに行くのではなく、さやか夫人の件が落ち着いてからハワイに行くというのもひとつだった。ただ、そんなにビジネスライクに人間関係を割り切れるものではない。僕が本当に好きなのは、おそらく、さやか夫人なのだろう。

仕事については、やはりマダムとの契約をエージェントの山本さんから紹介してもらうことにした。雇用夫父には失業保険が適用されない。だから無職になるわけにはいかないのだ。幸いにして、ちょうど雇用夫父契約を望んでいた若夫婦がいたので、すぐに紹介してもらえた。キングは35歳という若さで、ちょっとした財を築いた実業家らしい。マダムは29歳で、1歳の子供がいる。この夫婦の望む雇用夫父の条件が、40歳以下で経験5年以上だったらしく、40歳で経験10年の僕がちょうどよかったらしい。

契約日にこの夫婦の邸宅を訪ねると、キングとマダムがそろって、今後ともお願いしますと挨拶をしてくれた。とても爽やかで感じの良い夫婦だ。契約書類にサインをして、家の中を一通り見せてもらい、帰ろうとするとキングが、「俺、ちょっと送ってくるから」と言って僕の車のところまで来てくれた。

「この制度の廃止直前に、一夫多妻の審査が通って許可を受けられたんですよ」

「そうすると、最後のキングかもしれませんね」

「そうなんですよ。本当に駆け込みでバタバタでした。実は僕、もうひとつ家庭を持っていて、そっちでは妻がおめでたなんです」

「それはおめでとうございます」

「僕がもうひとつの家庭を持っていることは、もちろんこっちの妻も知っているんですけど、さすがに目の前でこういう話をするのも何なので。それで、もしかしたらそっちの家庭でも契約をお願いさせていただくかもしれないので、その際はよろしくお願いします」

「ありがとうございます。こちらこそ、よろしくお願いします」

彼らとはいい関係が築けそうだし、当面、仕事には困らなそうだ。僕自身もこれでリセットできる気がする。これからは、雇われパパというよりは、執事としてドライに仕事ができるに違いない。

そして、さやか夫人とキングの間に離婚が成立した。キングは、潔く全ての妻と別れたらしい。いずれにしても、さやか夫人がキングの最後の妻として残るという最悪の事態は免れた。そもそも長年にわたって夫婦の体をなしてなく、金銭的な関係もなくなれば当然のことだろう。キングから来た書類の文面を読むと、責任は果たすとしつつも1円でも出費を節約したそうな雰囲気だった。そして、さやか夫人に対する若干の未練も感じられる。

「もう進二くんと契約することができなくなるわ」

「契約が必要なんですかね」

「タダでウチに来てもらうなんて、できないでしょ？」

「僕、さやかさんとデートがしたいです。せっかく契約が終了するのだから」

「こんなアラフィフのおばさんつかまえて、からかわないで」

「さやかさんと、手をつないで歩きたいです」

「どこを？」

「今度の日曜日、空いてます？」

5月末の午後、僕らは二子玉川駅を降りると、多摩川の河川敷に向かった。支流の野川の橋を渡り、世田谷区側の河原を上流方向に向かって歩いていく。しばらく歩くとグラウンド地帯に入る。

「久しぶりだわ、こういうところ歩くの」

「僕もです」

「何だか童心に帰るわね。とても広いのね」

「この解放感がたまりません」

「思い出すわ。ここじゃないけど、息子たちをサッカークラブに連れて行ってもらったことがあったわよね」

「開一君も修二君も、サッカーはあまり好きじゃなかったみたいでしたね」

「開一は隣のグラウンドのラグビーばかり見ていて、結局ラグビー部だもんね」

グラウンド地帯から土手に上がり、さらに上流方向に歩いていく。

左手にグラウンドとその向こうに川が見える。太陽がまぶしく、風が爽やかだ。

「風が爽やかね」

「5月の午後4時の快晴の空に、爽やかな風。何だか泣けてきます」

しばらく歩くと、土手の下のグラウンド地帯が終わる。河原に生い茂った草木が風で揺れている。

「さやかさん」

僕はさやか夫人の右手を握った。

「いいのよ、恋人つなぎにしても」

僕らは、指を互い違いに絡めて恋人つなぎにして歩く。

「変なものね。私たち何度も寝てるのに、初デートがちょっと新鮮だなんて」

「デートと思ってくれているんですね」

「違うの？　私たち、恋人つなぎしてるのよ」


駒澤大学の横を通り、さらに上流に向かって歩いていく。

「進二くん、昔、ここを好きな娘と歩いたんでしょ」

「そんなことありません」

「いいのよ。そんな昔のこと気にしないから」

「あちらはデートとさえ思っていませんでした」

「切ないわね」

「もう随分昔のことです。その話をしても、全然覚えていませんでした」

「忘れたフリしてるだけじゃないの？　重たい話を避けようとして」

「本当に忘れたみたいです」

「悲しい結末ね」

「でも、覚えていてくれたところで何にもなりません。忘れてくれた方がいいのかもしれませんね」

第三京浜の高架をくぐると、自動車教習所の跡地の脇を通ってから河原近くを歩く。

「あの人、本当は子供の数だけの会社を成長させて、それぞれ引き継がせたかったみたい」

「夢のある話ですね」

「でも、夢が破れた今は、それどころじゃないわね。裁判とかでいろいろと大変みたい。私にはもう関係ないけど」

「会社経営絡みの件ですか」

「それとは別に、風の噂で聞いたんだけど、本妻あたりが金銭的なことを訴えているらしいわ。やはりだけどね」

「でもすいません。僕は、心のどこかでキングの事業の経営破綻を期待していたような気がします」

「実は私も、これでよかったと思っているの。結局、養ってもらわなくても婚姻期間が10年過ぎれば一夫多妻保険で食べていけちゃうもんね。この制度、やっぱりどこかおかしいわ」

「廃止されて当然かもしれません」

「この制度の下で誰か幸せになったのかしら？」

「幸せになった人は、そう多くはないと思います。そもそも少子化対策であって誰かを幸せにしようという趣旨の制度ではないですから」

「私たちが振り回されちゃったってことね」

「そうとも言えますね。それと、最近になって雇用夫父業界でささやかれているんですけど、一夫多妻制度にはもうひとつの目的があったのではないかと」

「もうひとつの目的？」

「どうせ子孫を残すなら優秀な遺伝子で子孫を残した方がいいというもので、つまり、昔の優生思想みたいなものです。誰も公言しませんけど」

「それは、財を成す者が優秀な遺伝子を持っているっていう前提？」

「おそらくは。少なくとも財のかけらも残せないような人よりかはマシということでしょう」

「でもマダムの側の出来が悪かったらどうするの？　遺伝子って半分の確率で引き継

がれるんでしょ？」

「深いところはよくわかりませんが、これも、この制度のちょっとブラックなところだったということです」


前方に小田急線が見えてくる。

「エージェントの山本さんから聞いたわ」

「何をです？」

「ハワイに行かなかったのね」

「知ってたんですね」

「行けばよかったのに」

「それはできません」

「常夏のハワイで綺麗なマダムと過ごすなんてパラダイスじゃない。そのマダムの方も、進二くんのことを求めていたんじゃないかしら」

「そんなことはないと思います」

「でも、これもあの制度の皮肉なところよね。そうやって子供をたくさん作ってお手本のようなご家庭が、日本での生きにくさを感じて海外に移住しちゃうなんて」

小田急線の高架が近づいてくる。僕らは草原地帯を抜けていく。

「富士山のシルエットが綺麗だわ」

「ええ、とても」

「実はね、婚活してるの」

「そうなんですか……いい人いるんですか？」

「うん、ちょっとね。次はキングとかじゃなくて、やっぱり私だけの旦那がいいわ」

「10歳年下ではだめですか？」

「う〜ん、もう少し歳が近い方がいいわね」

「職業が雇用夫父ではだめですか？」

「雇用夫父の人ってモテそうだし」

「そんな意地悪な。モテないことが大切な仕事だと思ってこの仕事を志したのに」

「進二くん、しっかりモテているわ」

「そんなことありません。僕はただの執事ですよ。この制度は、雇われパパにとってもあまり幸せなものではないのかもしれません」

「そうかもね。本当は進二くんと麗那さんがお似合いだと思っていたんだけど、そういうお似合いカップルも成り立たなくなっちゃうもんね」

「どこまで知っているんですか？」

「全部知ってるわ。実はね、前に進二くんと麗那さんがドライブした日、私、自由が丘の麗那さんの家でビーズ作ってたのよ。私が留守番役で、麗那さんが夕方に行ってきま～すって感じで」

「それって展開によっては修羅場になるじゃないですか。といってもそういう展開にはなり得なかったんですけど」

「麗那さんには、進二くんを連れてくるなら退散するから連絡してねって言ってあったんだけど……、連絡はなく。帰ってきて泣いていたわ。もっと進二さんと一緒にいたいのにこれ以上近づけないって。私も何て言ってあげたらいいかわからなくて」

「あの日、僕といる時も泣いていました」

「彼女は素直だったり冷静だったりするんだけど、その一方で繊細なところもあるからね。そういえば『進二さんがもう少し上手く嘘をついてくれれば泣かなかったのに』なんて言っていたわ」

「麗那さんがそんなに想っていてくれたなんて、心が痛みます」

「でも進二くんが悪いわけじゃないわ。これればかりはどうにもならないじゃない」

僕らは土手を離れて、小田急線の高架下の道を和泉多摩川駅に向かう。

改札に入ると、階段を上り、上りホームに出る。ホームにはほとんど人がいない。

「素敵だわ。５月の晴れた日の夕暮れ時に、こういう各駅停車しか止まらない駅で、手をつないで電車を待つなんて」

「のどかですね」

「さっきの話、嘘よ」

「さっきの話って、どの話ですか？」

「婚活なんてしてないわ」

「悪い冗談はやめましょうよ」

「…………」

「何だか、深い嫉妬を覚えました」

「嫉妬？　誰に？」

「こともあろうに、キングにとても嫉妬しました。キングと僕じゃ格が違いすぎるんですけど。それに、夫婦がホテルでディナーなんて当たり前のことなのに……」

「バカね、嫉妬するような話じゃないわ。私としたことが珍しく真面目に金銭的な話をしてきたんだから、生活費の件で」

「結局僕は、嫉妬心でしか、人をどれだけ好きかを測れないようです。だから……僕と付き合ってください。土日とか、普通にデートしたいし、たまには僕の部屋にも来てくださいよ。もう契約とかじゃないんだし」

僕がさやか夫人の方を見ると、微笑んで僕の顔を見ている。

「私と？」

「さやかさんと寝ている時が一番楽しいです」

「こんなアラフィフのおばさんと？」

「さやかさんは、おばさんではありません」

「いつまで女でいられるかしら」

「さやかさんは、ずっと女ですよ。たとえそういうことができなくなったとしても」

さやか夫人は、恋人つなぎをしている僕の左手をぎゅっと握り返す。

電車到着のアナウンスが流れる。

「さっき、一夫多妻制度は誰も幸せにならないとかいう話になっちゃったけど、この制度で幸せになったのは意外と私たちかもね」

まもなく電車が入線する。

「電車、来ちゃったわね」

「それで、どこに行くんでしたっけ？」

「下北沢？」

「乗り換えじゃなくて……東口から徒歩10分です」

「ちょっとドキドキするかも」


〈完〉

著者プロフィール

浜 みち途（はま みちと）

1968年生まれ
東京都出身
東京工業大学工学部卒
弁理士、特許翻訳の会社及び特許事務所を経営
神奈川県在住

【著書】
『ONE ON ONE―ワンノンワン―』（2023年 / 文芸社）

雇用 FUFU

2023年９月15日　初版第１刷発行

著　者　浜 みち途
発行者　瓜谷 綱延
発行所　株式会社文芸社
〒160-0022　東京都新宿区新宿1－10－1
電話　03-5369-3060（代表）
03-5369-2299（販売）

印刷所　株式会社エーヴィスシステムズ

ISBN978-4-286-24441-9